講談社文庫

警視庁情報官　ゴーストマネー

濱 嘉之

講談社

目次

警視庁の階級と職名

階級	内部ランク	職名
警視総監		警視総監
警視監		副総監、本部部長
警視長		参事官
警視正		本部課長、署長
警視	所属長級	本部課長、署長、本部理事官
	管理官級	副署長、本部管理官、署課長
警部	管理職	署課長
	一般	本部係長、署課長代理
警部補	５級職	本部主任、署上席係長
	４級職	本部主任、署係長
巡査部長		署主任
巡査長※		
巡査		

警察庁の階級と職名

階級	職名
階級なし	警察庁長官
警視監	警察庁次長、官房長、局長、各局企画課長
警視長	課長
警視正	理事官
警視	課長補佐

※巡査長は警察法に定められた正式な階級ではなく、職歴６年以上で勤務成績が優良なもの、または巡査部長試験に合格したが定員オーバーにより昇格できない場合に充てられる。

◉主要登場人物

黒田純一……………………警視庁総合情報分析室室長
猪原誠人……………………総合情報分析室参事官心得
小柳大成……………………総合情報分析室参事官心得
宮澤慶介……………………総合情報分析室参事官心得

藤森和博……………………警視総監
高石…………………………副総監
小泉…………………………警視庁警備局長
福士…………………………警察庁警備局警備企画課
第二理事官（チヨダ校長）
金子…………………………警視庁組織犯罪対策部部長

鶴本宗夫……………………代議士
堀田総一郎…………………新日本特殊警備保障社長
岩見雁一……………………フィクサー〝財布男〟

アキラ………………………黒田の協力者
タカ…………………………黒田の協力者

クロアッハ…………………モサドのエージェント
朴　喜進……………………世界平和教幹部

警視庁情報官　ゴーストマネー

プロローグ

警察庁警備局長室はただならぬ雰囲気に包まれていた。

応接用ソファーに座るのは警備局のトップ3である小泉《こいずみ》警備局長、藤岡《ふじおか》警備担当審議官、篠山《しのやま》警備企画課長——そして情報室の黒田純一《くろだじゅんいち》。

藤岡と篠山は目を合わせたが、互いにわずかに首を横に振った。

小泉が緊急極秘会議を行うというので、藤岡以下は詳細を知らぬまま局長室に駆け付けたのだった。

「局長、何か起きたのでしょうか」

四人の男が揃ったところで藤岡が口火を切った。

「うむ」

皆が固唾《かたず》を飲んで警備局長の次の言葉を待っている。

「一五〇〇億円もの現金が消えた」

「はっ？　消えたってどういうことです」

藤岡が上ずった声を出したが、小泉は神妙な面持ちを崩さない。

「日銀総裁から長官へ極秘電話があった。古くなり廃棄したはずの銀行券が、流通しているおそれがあるというのだ。どこへ消えたというんだ」

日本国の円紙幣の正式名称は「日本銀行券」であり、発行元は日本銀行である。貨幣は独立行政法人造幣局が製造した後、日本銀行へ交付され、この時点で「発行」となる。

銀行をはじめとする各金融機関は、利用者から預かった紙幣のうち当面使用しないものを、日々日本銀行本支店に持ち込んでいる。日本銀行当座預金に預け入れるためだ。こうして銀行券が日銀に戻ってくることを、還収という。

銀行券が還収されると、日銀は受け入れた銀行券の枚数を確認し、偽造または変造された銀行券が再び流通することがないよう厳重に真偽鑑定を行うのだ。

この時、損傷や汚れの度合いから再流通に適さない銀行券と判断されれば、それらは廃棄される。

「廃棄対象となった紙幣は、日銀本店か支店にあるシュレッダーで破砕されるということでしたね」

藤岡が確認する。

「原則としてはそうだ。しかし先月、トラブルが発生したようなんだ」

一万円札の平均寿命は、およそ四年から五年程度だという。銀行券が再流通に耐えられるか否かの判別は自動鑑査機が行う。廃棄となる銀行券は、自動鑑査機に組み込まれたシュレッダーにかけられ、一・五ミリ×一一ミリの大きさにまで細かくされ、処分されるという。

「トラブルとはシュレッダーの故障ですか」

「そうだ。普段は百枚単位で裁断するらしいが、このシュレッダーに不具合が出たらしい。そこで別の施設で廃棄しようとして……」

それを聞いて篠山が口を開いた。

「昔は日銀本店内に溶解設備があったと聞いたことがありますが」

「よく知っているな。篠山の親父さんは元日銀マンだったかな」

「はい、局長」

「かつては回収した紙幣を溶解設備で溶《と》かし、段ボールやティッシュペーパーの材料の一部などに再利用していた。古びた紙幣の最終処理はすべて本店で行っていたらしい」

「リサイクルには大変な手間がかかるそうですね」

「いや、現在では七割程度、住宅用の建材や固形燃料などにリサイクルされているんだよ。それ以外の裁断屑は、一般廃棄物として各地方自治体の焼却施設において焼却処分されている」

黒田は黙ってやりとりを聞いていた。

「今回の案件は、廃棄されるはずだった紙幣が、なぜか裁断されずに消失してしまったということですか」

「しかも一五〇〇億円も」

「その古い金はどこに行ったのです」

「まだ詳《つまび》らかにはなっていないが、国外に流れた疑いも捨てきれない」

「ええっ」

「それは本当ですか」

皆が顔を見合わせ、場は再び重苦しい空気に支配された。

「闇銀行に持ち込まれたのかもしれません」

静かに呟いたのは黒田だった。

「局長、一五〇〇億円の紙幣の重量は一〇トンを軽く超えます」

続けて黒田は言った。

「一万円紙幣一枚は約一グラムとして、一五トンだな。この紙幣をどうやって運んだのか」

「日銀は何と言っているのですか」

慌てた藤岡が前のめりで訊く。

「廃棄対象の紙幣は、貨物列車で静岡県富士市の製紙原料工場・清流製紙に運び込まれ、溶解されたことが確認済みだったというのだ」

小泉警備局長は苦々しい顔をした。

「焼却ではなく、溶解したのですか」

と篠山が首を捻る。

「燃え残りを心配したのではないですか」

黒田が答えた。

「日本の紙幣には靭皮《じんぴ》繊維のミツマタや、天然繊維の中で最も強く弾力のあるマニラ麻の葉脈繊維など、特殊な原料が使用されています。そのため特に普通紙にリサイクルするのは、なかなか難しいと聞いたことがあります。また、紙幣の塊を焼却するのは意外と大変だそうです。普通紙より紙幣は水分量が多いからと言われています」

「さすがに黒ちゃん、よく勉強しているな」

「アメリカ仕込みか？」

「はい、シークレットサービスから学びました」

局長と担当審議官が笑ったので、凍りついた警備局長室の空気がやや和んだ。

黒田は三年以上の時間をかけて、海外研修の名のもとにアメリカをはじめ、各国を転々とし現地の状況を肌で感じて来たばかりである。

帰庁の挨拶も済ませたばかりという時に、この事件が起きた。

「いえ、彼らから学んだというのは本当です。世界の紙幣の中で物理的に最も強度があるのはアメリカドル紙幣。次が日本紙幣だということです」

「ＣＩＡやＦＢＩだけでなく、シークレットサービスにまで行って来たのか」

篠山警備企画課長は驚いた顔で言う。

「シークレットサービスですが、設立時の本来の任務は、偽造通貨の取締り、様々な不正経理犯罪、個人情報窃盗の捜査、地域犯罪における科学捜査情報の提供だったのです。これは直接足を運んで勉強しておかなければと思いました」

「なるほど」

「ちょっと具体的に聞かせてよ」

「トラベラーズチェックのような通貨等価物の偽造や、クレジットカード詐欺の調査に同行させてもらいました。さらには、連邦コンピューター犯罪法に対する司法権も学んできました」

連邦コンピューター犯罪法に絡む様々な悪事は、シークレットサービスが昨今とくに対策を強化している分野だった。

「あっちのサイバー犯罪対策で感心した点、日本でも取り入れるべき点を一言で述べてみてくれ」

小泉警備局長は目を細めた。

「シークレットサービスは合衆国全域に三十近い電子犯罪特別対策部隊を設立しています。技術的な犯罪を防止するために、ＦＢＩだけでなく地方警察、民間企業、大学など学術機関との協力関係が構築されているところは日本警察も学ぶべきところがあります」

「そうだな。しかし、濃い研修だったみたいで何よりだよ」

「はい。大変有意義でした」

「ところで、本件を黒ちゃんはどう見る？」

小泉は黒田の方へ体を斜めに傾けた。

「まず、日銀が持つシュレッダーの故障がなければこの事件は起こらなかったわけです。何らかの犯罪組織に内通している職員がいるということになります」

犯罪組織に内通する職員という単語が出て、一同に緊張感が走った。

「それを疑わざるを得ないな」

「このシュレッダーのメンテナンス状況は」

篠山が小泉に尋ねた。

「日銀が言うには、これまでも何度か故障したことがあるという。故障の度に別の場所へ持ち込んで溶解措置を取っていたらしい」

「日銀ともあろう役所が」

「シュレッダーの故障と簡単に言いますが、これは国家の機密に関わるナーバスな問題です。なぜ故障を放置していたのでしょう」

藤岡が首をかしげるのはもっともである。

「機械本体がアメリカ製でな。原発の主要機械購入に併せて、向こうから購入を迫られた代物らしい」

シークレットサービスで偽札捜査を学んだばかりの黒田には、それがどこのメーカーの機械かは察しが付いた。

「アメリカの大手精密機械メーカーですね。抱き合わせ商法というやつですか」

黒田は軽く頷く。

「原発一本だけでは日本での商売に旨味がないと。それにしても、そんな故障ばかりのシュレッダーを買わされたのには困ったものですね」

篠山が首をすくめた。

「ドル紙幣と日本の紙幣は、紙質や水分量が異なります。シュレッダーがうまく対応しきれていなかったのかもしれません」

「ああ、主に機械の切断面の劣化が激しかったようだ」

小泉は言った。

「寿命を過ぎたお札は、年間およそ三〇〇〇トンあると言われていますから、数にして三〇億枚が廃棄されていることになります。これがすべて一万円札とすれば、一年で三〇兆円相当の紙幣が棄てられているのですか……」

「シュレッダーへの負担は想像以上だったのかもしれません」

が、しかしである。これまでに見直しの声は出なかったのだろうか。

「ただし、偽札の発見率は日本製の機械では及ばない、高精度を誇ったという」

「世の中で話題になることはまずありませんが、日本では円の偽札がかなり流通していますね」

黒田はアメリカが厳しい態度で行っている偽札捜査を思い出しながら言った。

「北朝鮮経由だな」

「偽札対策には日銀も頭を悩ませているだろう」

「北朝鮮だけでなく、中国からも結構入ってきていますよ」

「さすがに中国が偽札を作っているわけではありませんが」

「中国は北朝鮮との闇貿易の中で摑まされているのでしょう。北は中国の闇銀行に入金しているのです」

中国には闇銀行、地下銀行と呼ばれる金融業者が数多く存在する。国際的な銀行法に基づいて業務を行っておらず、不法滞在者への融資や、不正な海外送金に関わっているとされる。

「中国も一応は安保理の常任理事国だ。偽札製造国家である北朝鮮への支援を主張できませんね」

篠山は言った。

「中国は北から持ち込まれた偽札を、何とか国内や外為を利用して流通させながら日本に送り込みたいんだ」

　小泉の言葉を受けて藤岡がひらめいたとばかり膝を打った。

「円高ですよ」

「藤岡、どういうことだ？」

「先日国民投票でイギリスのＥＵ離脱が決まりましたが、それに伴いポンドとユーロが下落し、結果的に安定している日本円が買われました。このタイミングで日本紙幣が大量に消失したというのは偶然でしょうか」

　黒田もなるほどと頷いた。

「確かにな。あの投票後、一週間ほどの短期間に日本円は数十兆円買われている。そしてその後、ＦＸ以外で日本の金融機関の外国為替窓口に持ち込まれた円は五兆円だそうだ」

「五兆円……」

「最近は国内の金券ショップで外国為替を扱っているところも多いですからね。さらに海外での両替屋では自国の貨幣については慎重でも外国紙幣に対するチェックは極めて甘いと言えます」

「どんな金が混じっているか分かりませんね」

「すると世界中で被害者が出てくるわけですか」

「うむ、癪《しゃく》だな。我々はいつまでも手をこまねいてばかりではいられない」

小泉は居住まいを正すと深く息を吸った。

「日本銀行紙幣消失事件を早速捜査してほしい」

静かに言うと、小泉は再び黒田の方へ体を向けた。藤岡と篠山の視線も集まる。

「黒ちゃんの帰国に合わせて起きたような大事件だ。これが君の捜査官としての運命だろう。この捜査を極秘でやってもらいたい。機密保持は徹底してほしい」

黒田はこの打ち合わせの流れを予測していたとはいえ、即座に捜査方針を答えられる状況にはなかった。一言も発することができず頭をフル回転させていると、藤岡審議官が口を開いた。

「事件の性質上、これは公にできる事件ではない。闇に葬ることしかできないかもしれない。しかし、一方で国家に対する重大な反逆行為であることは間違いなく、悪事を働いた犯罪者を遊ばせておくわけにはいかないのだ。悪の元を断つんだ」

篠山が黙って頷いた。

「今の日本警察でそれができるのは、黒ちゃんしかいないんだよ」

小泉警備局長がそう言い、黒田の肩をがっしりと掴《つか》んだ。

「帰庁間もなく慌ただしいところなのは知っている。情報室の精鋭たちを使って、やってみてくれないか。すでに総監の了承は得ている」

黒田は口元を引き締めて深く頷くことしかできなかった。どこから手がかりを得るのか、どこに捜査の道筋を引くのか、消えた金の行方は、そして最終的に一五〇〇億円の金をどう回収するのか……。

そんな黒田の姿を見て、今度は篠山が穏やかに声をかけた。

「警備企画課にある、あらゆるデータを情報室と共有しようじゃないか。照会業務は私の名前を使ってくれ」

「ご配慮ありがとうございます」

すでに別の重要事件を任されていた黒田はやっと絞り出すように言った。

「それではこれから日銀へ事実確認に行って参ります」

＊

日本銀行――行内では「にっぽんぎんこう」と呼ばれ、日本銀行券にはローマ字で「NIPPON GINKO」と表記されている。しかし国会では、「にほんぎんこう」

と呼ばれ、警察組織の中でも国会と同じように呼称されていた。

いったん仮デスクに戻ると、黒田はひとりで日銀へ向かった。本件にどの部下を使うか、頭の中ではチーム編成がすでに出来上がっていた。

日銀本店は現在、旧館、新館、分館の三つの建物からなり、旧館の中でも最も古く、明治二十九年に完成したのが国の重要文化財にも指定されている本館である。明治中期の西洋式建築物としては、東京赤坂にある迎賓館とならぶ傑作といわれている。設計者は赤レンガ造りの東京駅を手掛けた辰野金吾だ。

頭を捜査のことでいっぱいにしながらも、黒田は早足で日銀本館西門に到着した。都内主要地区の地理はほとんど完璧に記憶していた。

現在日銀の業務は新館で行われているが、わざわざ本館西門を指定してきたのは日銀サイドである。他の職員の目につかないよう、一般見学者が出入りする場所を選んだということか。

「黒田警視正ですね」

声をかけてきたのは二人の日銀幹部。副総裁と審議委員が黒田に恭《うやうや》しく頭を下げた。彼らの顔を見た瞬間、二人の名前と役職が記憶のデータベースで確認できた。

「こちらへどうぞ」

二人に続いて黒田は日銀本店内に入った。

「これが日本で二番目に作られたと言われるエレベーターですか」

「ええ、よく御存じですね」

三階の小会議室へ通された。

「殺風景なところで申し訳ありません。本件は政策委員会のメンバーの中でも総裁、二人の副総裁と私の四人しか知らされていない極秘事項なのです」

審議委員の佐伯《さえき》は言った。部屋には三人の職員が待機しており、ノートパソコンに手を添えていた。

「この方々は？」

黒田がそっと佐伯に訊ねる。

「鑑査の取り扱い責任者です」

「極秘事項であることは小泉警備局長から聞いております。まず、端緒情報入手経緯から教えて下さい」

早速黒田が口火を切った。

「これに気付いたのはここにいる鑑査の大橋《おおはし》でした」

大橋が軽く会釈をする。

「ご承知のとおり、本行では銀行券の還収に際して全て紙幣を鑑査し、これをデータ化しております。金庫に入っていた紙幣は、ここから出て世の中で流通し、またここへ返ってきます」

「一日平均で約三四三億円分のお金がここから出入りしているのですよね」

「ほお、黒田警視正。さすがよく把握なさっておられる」

そう言って、佐伯が微笑んだ。

「昨年一年間に世の中に出回っていたお札を合計すると、約九〇兆円になります」

佐伯が続ける。九〇兆円とはどれほどの量なのだろう。黒田は尋ねてみた。

「そうですね……九〇兆円を地面から積み上げるとすると、じつに富士山の四百倍ほどの高さになります」

黒田は天を仰いだが思わず苦笑が漏れる。

「全く想像できません」

副総裁が咳払いをした。

「さて、本題に入りましょう」

三人の鑑査取り扱い責任者は姿勢を正した。

「まず一五〇〇億円の現金運び出しに関して、経緯を説明して下さい」

佐伯の問いかけに大橋が起立しようとするが、黒田は首を振った。

「いえ、お座りのままで結構です。その前に、私もパソコンを用意させていただきますので、少々お待ちを……」

アメリカで買い求めた上質な革製ダレスバッグからパソコンを取り出す。古いものに愛着を感じる黒田は、長く磨きながら使える皮革製品を好んだ。長い複雑なパスワードを瞬時に打ち込み、一瞬で画面が起動した。

黒田の目は大橋の表情を捉えていた。威圧的にならないよう、けれどもその表情の動きや一瞬の揺れを逃してはプロとして失格である。

「自動鑑査機のシュレッダーの故障は五日目に入っていました。その間に溜まってしまった紙幣は、金額にして約一五〇〇億円を超えていました。二〇〇〇億円を超えると保管場所に困ることは、これまでの経験から分かっていましたので、あらかじめ搬送準備の手続きを行うことを決めました」

「シュレッダーの故障は頻繁《ひんぱん》に起きていたのですか」

黒田は手元を動かしながら大橋の目を見て尋ねた。

「そうです。故障は半年ほど前から断続的に起こっていました。全国にある支店でもよく不具合を起こしていたそうです」

「なるほど。これまでに何度、外部搬送を行ったのですか」

「今年に入ってからは、月に四、五回あったと思います」

「故障が五日間続けば保管場所に困るということですから、最近ではほとんど外部搬送して処理していたということですね」

何ということだ、と黒田は半ば呆れた。

「はい、故障に慣れてしまったと言っていいかもしれません」

「日銀内部で問題にならなかったのですか」

黒田は副総裁と審議官の方へ視線を移した。副総裁は口を開く気配がなかった。

「現在導入している自動鑑査機は莫大な価格がするものなのです。簡単に取り換えられる代物ではありません。また、識別装置の精度は依然として高くブレはない。付随しているシュレッダーにだけ不具合が見られました。部分的な故障を理由に、買い替えを主張するのは難しいと言わざるを得ません」

佐伯が答えるのを黒田は頷きながら聞いた。

「分かりました。それでは外部搬送の手順から教えて下さい」

「紙幣の運び出しに際して、まず必要となるのは専用コンテナです。富士市の製紙工場が使っているものを、こちらに取り寄せなければなりません。まずは先方に電話を入れました」

　と大橋。

「相手は清流製紙ですね。専用ラインがあるのでしょうか」

　清流製紙といえば、再生紙などを手掛ける大手民間企業である。

「あ、そうです。音声はデジタル化されていますが。相手方も担当者が三人いますので、そのうちのどなたかと連絡を取ることが決められています」

「その清流製紙を使い始めた経緯は？」

「もう関係は、二十年以上になります。何しろ扱うものがものなので、清流製紙とは随意契約という形を取っています。一般競争入札は行っておりませんし、先方の業務に関しても一切公表しておりません」

　と答えたのは佐伯だった。

「依頼の電話を入れる時間帯等、規則はありますか」

「はい、連絡がある場合は午前十時ちょうどに。先方から専用コンテナが届くのが午後六時、当行の専用フォークリフトを使って詰め込み作業を行い、終わった段階で、清流製紙の責任者がコンテナごとに封印します。それからコンテナごとに、G

ＰＳ装置、溶解用センサー、小型カメラを取り付けます」

黒田は小型カメラに映った画像を見せてほしいと頼んだ。大橋が頷き、こちらへ、と目の前のパソコンを指さした。

「当日の模様は全て動画があるのですね」

「そうです。全て保存しております」

早回しされる動画を眺めながら黒田は質問を続けた。

「一つのコンテナにどれくらいの量の廃棄紙幣を入れるのですか」

「一万円札の場合には一〇億円、約一〇〇キロ相当です」

「このコンテナは何でできているのですか」

「硬質プラスチックに特殊なフィルムを貼りつけたものです。水族館の大型水槽に使われているものと考えていただければよいかと思います」

だいぶ強固な作りになっているらしい。

「少々のことでは壊れませんね。それで一五〇〇億円分の古い紙幣をコンテナに詰めるのに、どのぐらいの時間がかかるのですか」

「小一時間でしょうか。それをさらにコンテナケースと呼ばれるジュラルミン製の大型ボックスに入れます。大型ボックスにはコンテナが三十個入ります」

「大型ボックスに入るのは三〇〇億円ですか。重さも大変なものですね」

「はい。このボックスが貨物列車用のコンテナなんです」

大橋はそう言って画面を注視するように言った。

「もうすぐ画面に出てきますから」

間もなく画面に一二フィート四方の巨大なコンテナが映し出された。

「ああ、貨物列車に積むアレですね」

見慣れたコンテナだった。この中に莫大な金が入っているなど誰も想像しないだろう。

「これを一車両に三個のせて品川駅から富士駅まで運びます。品川駅から富士駅は貨物列車で、富士駅から清流製紙まではトラックを使い搬入します」

古びた紙幣は日々このように処理場へ向かっている。

「日銀から品川駅まではどのように運ぶのですか」

「トラックです」

日銀から清流製紙までのコンテナの動きは、GPSによりマッピングされた移動データ通りで間違いがないことも分かった。

「このコンテナが、富士駅に隣接するコンテナ基地に入ってからトラックに移されるところの映像を見せてもらえますか」

「かしこまりました」

大橋は手元を動かしながら続けた。

「コンテナ基地に入ると、警備会社のガードマン十人が配置に付き、コンテナ車両の北側に並んで移動します。そこから清流製紙の大型トラックに移すのですが」

「清流製紙のトラックにはガードマンは乗らないのですか」

「そこからは清流製紙さんの警備となるので私どもが申し上げることではありません。ただ、先方は諸官庁や警察の機密書類の溶解も請け負っておられますから、大手警備会社さんと契約されています」

黒田は黙って頷いた。大橋のパソコンの画面にはコンテナ基地の様子が映し出された。

「見たところ同じようなコンテナが置かれているわけですが、これらがすり替えられる可能性はありますか」

「受け渡しの際には、ガードマンの他に清流製紙の幹部数人が立ち会っています。しかも、本行の貨物が最優先で処理されるため、皆の面前ですり替えられるなど考えられません」

大橋はきっぱりと言った。

「では日銀の職員は？　大量の廃棄紙幣の引き渡しに誰も立ち会わないのですか」

今度は審議委員の佐伯が口を開く。

「全てのコンテナを、モニターとGPSの位置確認画像で管理しておりますので、最近は立ち会いをしておりません」

それは杜撰《ずさん》ではないかと心の中で呟きながら黒田はキーボードを打ったが、ふと手を止めた。

「あっ、今のところ」

黒田は身を乗り出した。「もう一度見せて下さい」

コンテナが載せられた車両画像とGPSの位置確認画像を見比べてみる。

「この部分です。コマ送りにして下さい」

黒田の態度に、日銀幹部たちもそわそわした様子でディスプレーを黙視した。画面の時間は午前五時四三分。

「ええと……四七秒から四八秒に切り替わる、ここです」

ディスプレーは秒間四コマで撮影されていた。

黒田が言うとおり、四七秒から四八秒の間に画像に僅かなブレが生じていた。同時にGPS位置確認画面にもノイズが入っている。

「この画像をプリントスキャンで結構ですから、このUSBに落としていただけますか」

黒田は手早くUSBを手渡して画像をもらうと、自分のパソコンで四七秒と四八秒の間の二つの画像を表示させた。

「この二つの画像を重ね合わせてみましょう」

「これは……」

思わず声をあげたのは副総裁だった。

「別物ですね。画像とともにGPS位置確認画像も差し替えられたのでしょう」

「どうやってそんなことを」

「誰がやるんだ」

騒然とする小会議室の中で、黒田がひとり落ち着いていた。

「現場にいた全ての者を呼んで聞く必要がありそうですが、犯人は日本にはいないかもしれません」

「それはどういうことです」

副総裁は眉間《みけん》に深い溝を作っている。

「巧みに計画された犯罪の可能性があるということです」

「しかし、大日本警備や清流製紙が犯罪者と手を組んでいるとはとても思えませんが」

審議委員の佐伯はうなだれる。

「社員一人を買収か脅迫すればいいだけですよ」

一億円の報酬をちらつかせれば犯罪に加担する者は少なくないだろう。黒田は自分のパソコンのディスプレーを副総裁らに見せた。

「これは事件発生当時、午前五時の富士駅付近の衛星写真です」

パソコンは警備局のサーバーとつながり、官邸衛星センターの管理サーバー内のデータにアクセスしていた。

「あっ」

日銀幹部が一様に声をあげた。

「同じトラックが二台あります。そしてほとんど同時に真逆の方向へ動き始めている。一台は製紙工場方向、もう一台は田子の浦港方向です。そしてこの二台の積み荷を見て下さい」

黒田は画像を拡大してみせた。

「まさか」

四七秒と四八秒の間の二つの画像のうち、はじめの画像ではトラックは田子の浦港方向へ、あとの画像ではトラックが製紙工場方向に進んでいた。

「一種の籠《かご》脱けですね」

「籠脱け詐欺」とは、関係のない建物などを利用し、その関係者を装って相手方を信用させて金品を受け取り、虚言を使って相手を待たせている間に自分は建物の裏口などから逃げるという詐欺の手口である。

副総裁が腕組みして顔を赤らめている。

「犯罪を犯したのは、いったい誰と誰なんです」

興奮した様子だが、さすがにこの段階で黒田が断言できることはなかった。

「でも、ちょっとおかしくありませんか」

大橋が恐る恐る言った。

「コンテナのGPS位置確認装置は正常に動いていたはずです。我々はコンテナが清流製紙の溶解炉に入るところをデータで正確に確認しています。大型コンテナ内に詰められた、硬質プラスチック製のコンテナにはそれぞれに別のセンサーが取り付けられています。それぞれが正確な位置情報を示していたんです」

「そうですよ。コンテナの重量も細かく計測されています。日銀からの運搬時や溶解炉に入れる直前など、専用の台貫を使ってコンテナの重量を測定しています」

佐伯も黒田の説明が腑に落ちないようだ。

台貫とは車両の重量を測定する大型の秤《はかり》のことで、トラックスケールとも呼ばれる。事業所などの敷地内に置かれるものは、車両を自走させて台貫に載せ、空車と積車の重量差から積載量を算出する。産業廃棄物処分場などでは受け入れ量の算出に使われているものだった。

「日銀さんの台貫の性能はともかく、製紙工場の台貫ならいくらでも操作できますよ。数値を偽装すればよいだけですからね」

偽装など簡単だと事もなげに黒田は言うと、会議室は静まり返った。

「では、GPS位置確認装置はどうなんです」

副総裁はまだ納得できないとばかりに言った。

「携帯電話を使った犯罪の捜査などでは、警察も防犯カメラの解析と同様にGPS情報を重要視されているのではないですか」

佐伯が加勢した。

「かつてはそうでしたが、今日ではあまり信用できないと言っておきましょう」

黒田は小さく肩をすくめて続けた。

「ネットでGPS位置情報偽装ソフトが売られる時代になってしまいましたから」

「今やGPSも偽装が可能なのですか」

副総裁は天井を仰いだ。

「嘘の位置情報を表示させるソフトです」

警察の裏をかくような不正ソフトが日々次々と現れてくる。現代の警察捜査は技術とのいたちごっこでもある。

「あ、今詳しいデータが来ました」

ふたたび黒田はディスプレーに集中する。

「田子の浦港方向に向かったトラックは、当時停泊していたパナマ船籍の運搬船に車を横付けして、荷積みをしたようです。この船は、その後北朝鮮の元山港《ウォンサン》に入港しています。現地にある清水海上保安部分室と警察庁からのデータです」

日銀幹部たちは捜査のスピードに唖然としているようだった。

「元山港というのはどのあたりですか」

黒田はパソコンを叩いて元山のデータを取った。

「元山市は金正恩《キムジョンウン》の故郷でもあり、北朝鮮江原道《カンウォンド》の道庁所在地です。朝鮮東海側港湾工業都市で、港は軍港でもあります。日本の新潟港に入港していた万景峰号《マンギョンボン》の母港で、国際観光都市として開放されていますし、中国人の観光客も多いようです」

「金正恩の故郷に日本銀行券が持ち込まれてしまったのか」

誰かが悲痛な声をあげた。

「それに加えて北朝鮮唯一の観光資源である、金剛山《クムガンサン》国際観光特区に近いです。観光都市を掲げて、相当なムダ金をつぎ込んでいることでしょう」

「この事件の首謀者は、金が欲しい北朝鮮の者ということでしょうか」

黒田は首をひねる。

「北には現段階でこれほどのことをやってのける能力はありません。やはり中国でしょうね」

中国と聞き、皆さらに肩を落としているようだった。

「北朝鮮と中国は今でも深く繋がっているのですか」

「お互いに切ることができない関係と言っていいと思います。北には中国が欲しい資源がたくさん眠っていますから」

おぼろげながら事件のアウトラインが見えてきたような気がした。

「副総裁。私ども警察は、これから体制を組んで捜査に当たります。被害にあった一五〇〇億円ですが、当面被害届は提出なさらないでください。何らかの形で被害の回復ができればと考えております」

うつむいていた副総裁が顔を上げた。

「一五〇〇億円もの大金が戻ってくる可能性があるのですか」

「刑事警察の基本は盗犯捜査にあります。事件は、窃盗なのか詐欺なのかまだ判然としませんが、被害品を回復することは警察の大きな使命だと考えております」

日銀幹部の期待がこもった眼差しを受け止め、深々と礼をして黒田は退室した。

廊下に出た瞬間、こめかみから汗が流れているのに気付いた。

どこから事件を紐解《ひもと》けばいいのか。いや、どちらの事件から取り掛かればよいのか。

帰庁直後の黒田へ下った特命はこの案件だけではなかった。

第一章　帰国

目の前に地中海が広がっていた。

透明度の高い碧い海面が朝日を反射して煌《きら》めいている。長い遠浅のビーチサイドのカフェテラスは早朝のため人もまばらだ。

海辺のプロムナードを犬を連れた若いカップルが肩を寄せ合って散歩している。見渡す限りどこを切り取っても絵葉書のように美しい風景だった。

黒田純一はテラス席で手のひらに収まるほどの小さいカップにそっと口をつけた。昨晩の宴席で飲んだシャルドネは格別だったが、朝のエスプレッソもまた素晴らしい味わいだ。

大きく深呼吸してフレッシュな空気で肺を満たす。

「相変わらず朝が早いな」

現地の朝刊を広げたところで、背後から低く柔らかい声がした。

「おはよう、ジュン。ハングオーバーしていないか」

同じテーブルに腰をおろしたのはモサドの諜報員、クロアッハだった。

「二日酔いなら全く心配ない。濃いエスプレッソを飲んで、今とてもクリアな気分だよ」黒田は空のカップを示した。「昨日のパーティーではありがとう。日本人として誇りを感じたよ」

クロアッハは微笑んだ。

「チウネ・スギハラはユダヤ民族に永遠に語り継がれる名前だ。戦後七十年の時を経て、彼の名を付けた道路がネタニヤに完成したわけだ。彼の名前を決して忘れないようにという我々の意志が、チウネのご遺族に伝わってよかった」

クロアッハは日本人が神社で拝むように両掌を合わせた。

「我々の意志、といえるのがユダヤ人の結束の強さだね」

昨晩開かれたパーティーは「スギハラ通り」の命名式だった。

イスラエル中央地区北部の都市ネタニヤで、ユダヤ人へ「命のビザ」を発給した日本の外交官、杉原千畝。杉原はリトアニアの日本領事代理だった一九四〇年、ナチスの迫害から逃れてきたユダヤ系避難民に、日本を通過するためのビザを発給し、約六千人の命を救った。この時助けられたユダヤ人が多く移り住んだのが、ネタニヤである。杉原の没後三十年にあたる今年、スギハラ通りが完成した。

「ユダヤ人はホロコーストの災難を忘れることはないが、だからといってドイツ人を憎む気持ちは必ずしも強くない。あの狂乱の時代が引き起こした悲劇なのだ」

クロアッハは言った。

「あれから七十年、戦争から遠ざかった日本人は今、かつてのパクスロマーナのような惚けの時代を生きている」

平和呆けという言葉がうまれて、もうどれぐらいになるのだろうか。

「日本の隣国の半島はいまだに休戦中だし、その奥の大国はいまだ革命半ばのような有様だというのに」

そう言うと、クロアッハはエスプレッソに大量の砂糖を入れ、静かにかき混ぜてから一口で飲み干した。

「ロシアは革命からは足を洗ったようだが、やっていることは昔と変わらない」

「クリミア半島が欲しければ、戦争なんてやらずに買い取ればよかったんだ。今の指導者の判断ミスではないかな」

「ジュンもそろそろ日本に帰るんだろう」

「もう三年ほど国を空けているからね。ぼちぼち帰らないと籍がなくなってしまうよ」

クロアッハは笑いながら首を横に振った。

「日本のエージェントで、ジュンほど真面目に国際情勢を勉強している者を私は知らないよ。自前の情報機関すら持たない国の警察官が、ここまで成長し、なおかつ世界の名だたるエージェントたちと仕事をしたんだ。日本もそろそろ本腰を入れて、本格的な情報機関を創る時が来ていると思う。その創設に君が関わることになるのは間違いないだろう」

クロアッハはあえて「諜報機関」と口にするのを避けたようだ。

「まず政治が安定しない限り難しいだろ。与党は盤石の態勢が整いつつあるが、野党があまりに心細い。骨太な野党というのは、やはり必要な存在なんだ。クロアッハ、日本は本格的な民主主義は育たない土壌なのだろうか」

民意というものを信じることが、黒田にはどうしてもできなかった。

「押しつけられた民主主義では駄目だということだよ。まず憲法だ。憲法を自分たちの手で創るところから始めることだと思わないか」

やはりそうだ、と黒田は頷いて聞いた。

「本来、護憲を叫ぶのは革新派のはずなんだが、日本で護憲を叫んでいるのは社会主義者だ。この捻《ね》じれが面白い。日本の憲法は平和憲法であり、戦争を放棄し軍隊の保持を否定している。それは確かに理想ではあるんだが現実的ではない。日本の社会主義者が平和憲法を護ろうとしているのは、その方が社会主義革命を起こしやすいからだ」

　このことをはっきり伝えるジャーナリストはあまりいない。

「ソーシャリストにとって一番の敵は警察と軍隊だ。日本には自衛隊という名前の立派な軍隊があるにもかかわらず、これを軍隊ではないと通す欺瞞《ぎまん》こそが、保守の最大のミスなんだ」

　日本の民主主義が苦手にしているのは、「変えるべきところは変える」、こう主張することではないのか。また、こう主張できない限り民主主義は成熟しない。

「イギリスがEUを離脱するという意思を世界に示した勇気は、国民投票の結果がどうあれ感服したよ。さすがに立派な民主主義国家だと思った」

　黒田は正直に述べた。

「ジュンは今のEUをどう捉える？」

「EUは国家ではない。EU大統領だって直接選挙で選ばれたわけでもない。EUという連合体が大統領を出すこと自体が過ちだと思う。それならばドイツもフランスもG7なんてやっていないで、EU大統領に全てを任せればいい。今のEUはドイツの傀儡《かいらい》組織のように見える」

「ドイツは混迷の時代を迎えたね。メルケルも焦っているようだ」

クロアッハは言った。

「昨今のドイツの政策は支持できないね。彼女の身体に染み込んでいる、旧東ドイツ仕込みの凝り固まった思想が見え隠れしているようだ」

「いいところを突いているな。モサドの分析に似ている。独り勝ちだった優秀な国家が、いつの間にか偽善国家と揶揄《やゆ》されるようになってしまった」

難民政策が評価できないと言いたいのだろう。クロアッハが珍しく他国を非難した。もしかすると彼にもホロコーストのトラウマが残っているのだろうか。

黒田はメルケルに批判の矛先を向けた。

「原子力政策だってそうだ。メルケルは原子力賛成派だったにもかかわらず、福島の事故を転機に原発反対に転じた。確かにドイツでは緑の党ができて以来、原発に対する批判が噴出した。原発の最大推進国であるフランスから電力を買うことで、自分たちのリスクを捨てるという手法が実にいやらしい」

「国際的な発言力を維持していくためには、ドイツは工業立国を推し進めていくしかないというのに」

観光と農業の国であるフランスとの違いは国際的にも明らかだった。

「そのわりには、国連に対しては冷淡だ。分担金もたいして支払っていない」

「国連については、アメリカも本音では要らないと思っているよ」

「それにしてもトランプが大統領になったら噴き出してしまうな」

二人は顔を見合わせて笑った。

「彼が大統領になったら真っ先に、中国、ロシアそしてドイツの分担金の値上げを主張するだろう」

クロアッハも国連に対して好感を持っていないようだ。

「日本は本当にお人よしだから、国連の言いなりになって、しかもご丁寧に滞納もない。中国の軍事パレードに国連総長の出席を許すような組織だ」

黒田も国連には何ら実行的な力がないと思っていた。

「国連職員はほとんどがアメリカ人だ。アメリカは国連を、雇用確保と情報収集の場としてせいぜい有効活用しようと考えている。だから、本音では不要と思っていても二二パーセントもの分担金を支払っているんだ。といっても、最近は滞納が続いているようだけどな」

「日本がどれだけ国連に金を払おうが、安保理では常任理事国のロシアと中国に拒否権を発動されっぱなし。しかも日本が目立とうとすれば中国から金をもらったアフリカ諸国から反対を受ける。日本が安保理の常任理事国になる必要はないと思うけど、日本の古い政治家の皆さんはいつまでも国連第一主義から脱け出せないでいるからね」

「ジュンは国連のどこが気に入らないんだ」

クロアッハはそう黒田に尋ねてにやりとした。

「敗戦国規定だよ。日本は分担金以外にもPKO予算に約四五〇億円、WHOやユネスコに約三〇〇億円、スマトラ沖地震・津波の援助金も合わせれば年間一〇〇〇億円以上を国連機関に納めている。こまめに金をばらまいているわけだ。これだけ貢いでいるのに、日本はいまだに国連に敵対した国として扱われている」

「中国が分担金の滞納率六五パーセント、韓国は滞納率八四パーセント。まともに支払う気がないらしい」

「国際的には日本とは、中韓そしてロシアと領土問題を抱えている極東の小国にすぎないのだろう」

それが国際社会による位置付けなのだから仕方がない、と黒田は思っている。

「領土問題といえば、ロシアはソビエト連邦時代、日ソ中立条約を一方的に反故《ほご》にして日本を攻撃したんだったな。おまけにアメリカもこれに同意した」

「中華人民共和国は戦勝国でもなんでもない。戦勝国というなら中華民国だ。中華人民共和国は、国内で革命という名の大量殺戮を行い、中華民国とすりかわった。これについてもアメリカが同意したんだ」

クロアッハは何度も頷いた。

「当時は東西問題に世界が揺れていた時代だったからな」

「国連という組織は敵の出方を探る重要な機関でもあったということだね」

黒田も同意する。

「朝鮮半島は歴史的にみればほとんど中国の属国だったわけだろう。そして日本がサムライの時代を終えた時から中国、朝鮮半島は日本を敵視する癖が付いたんだな。さらに第二次世界大戦以降、アメリカの庇護の下にあって急激な発展を遂げた日本に恐れと嫉妬を抱いたのだろう」

クロアッハの歴史認識に黒田は共感して頷く。意見交換は刺激的で、おのずと話題は広がっていく。

「それにしても、ユダヤ人がようやく自分の国家を持ったのに、紛争続きでは国民も疲弊《ひへい》するのではないのか」

「イスラエルは彼らが自ら摑んだ土地ではないからな。イギリスが政略的に後押ししたシオニズム運動の成果物に過ぎない。せめて首都エルサレムだけでも最初からバチカンのような独立国家にしておけばよかったんだ。三大宗教の聖地だからな。しかしユダヤ人とムスリムはどうしたって和解できない」

エルサレムはユダヤ教、キリスト教、イスラム教の聖地であり、嘆きの壁や聖墳墓教会、岩のドームなど各宗教ゆかりの地を訪れる人は毎年後を絶たない。旧市街は城壁に囲まれ、宗派ごとで四分割されている。北東はムスリム地区、北西はキリスト教徒地区、南西はアルメニア正教徒地区、南東はユダヤ人地区である。

「嘆きの壁にも行ったな」

研修中の黒田はイスラエルに到着後、クロアッハとともに訪れたユダヤ人地区の光景を思い起こした。

嘆きの壁は、神殿の丘と呼ばれるかつてのエルサレム神殿の跡である。

エルサレム神殿は古代エルサレムに存在したユダヤ教の礼拝の中心地で唯一の神ヤハウェの聖所だ。しかし紀元七〇年のユダヤ戦争においてエルサレムにおける最後の攻防戦の舞台となり、戦争が終わると神殿はエルサレムの市街ともどもローマ帝国によって破壊された。このためエルサレムと神殿はもはやユダヤ教の信仰生活の中心ではなくなっていた。ローマ皇帝ユリアヌスの治世に再建が図られたが実現せず、以来今日に至っている。

この神殿の跡地に建てられているのが岩のドームである。岩のドームからムハンマドが旅立ったという伝説があり、地下には最後の審判の日にすべての魂が集結してくるとされる「魂の井戸」がある。

この地がパレスチナ問題における宗教的な衝突を生んでいた。

イスラム教がユダヤ教徒の伝統に従い、ユダヤ教最高の神殿跡をイスラム教寺院に改造した行為には正当性があると言うのだ。その根拠はムハンマドおよびイエス・キリストはユダヤ教徒にも信頼されうる預言者であるという理論だ。イスラム教がユダヤ教の伝統と矛盾することなく、かつユダヤ教を凌駕《りょうが》しているとの主張がここにある。なお、現在のイスラエルのユダヤ教の右派には、岩のドームを壊して神殿の再建を計画しているグループがある。

黒田は宗教上の対立がいかに厳しく、残酷なものであるかを、今回の研修で思い知らされていた。人種差別などとは異なる、どうしても互いに相容れない、受け入れがたいという心情の根深さを感じたのだ。「ムスリム・オア・ノット」だけではない。ムスリム内ではシーア派とスンニ派、原理主義派が激しく対立しているのだった。

「クロアッハ、人間が生み出した宗教という装置はどうして人を争いに駆り立てるのだろう」

黒田は宗教というもの自体への不信感を拭《ぬぐ》えずにいた。自身は極めて無神論者に近いが、他人の信仰を否定したりはしない。人は人、自分は自分なのだ。宗教に救いを求めている者を憐れむでもなく、彼らに心の安寧があればそれでよいのだ。しかし、イスラム原理主義のように宗教を強制し、他宗教を否定するだけでなく殺害行為まで行うような考え方は到底受け入れられない。

「おかげで我々はずっと迫害を受け続けていた」

クロアッハは強い眼差しできっぱりと言った。

「キリスト教を否定するからだろう。どうして受け入れることができないんだ」

「信じる神が違えばそれは仕方がないことだ。キリストは単なる預言者であって神ではなかった。それを神としてしまったのが、そもそもの重大な誤りだ」

「神は殺戮まで許しているのかい？　例えば家族という最も小さな社会だって親兄妹はそれぞれ考え方が異なる。それを宗教という枠組みの中で統一しようとするのが間違いとは思わないか」

　黒田の問いにクロアッハは表情一つ変えない。

「それは自己を否定するのと同じことなのだよ。日本人の宗教観は特殊なんだ」

　日本が排他的でない宗教観を持つ国のため、イスラム原理主義から敵視されないのだろうと黒田も思っていた。

「イスラム教を信仰する多くの国もイスラム原理主義やＩＳＩＬ（イスラム国）を否定している。しかしどうしても解せないのは、ＩＳＩＬから原油を購入しているのはイスラム国家じゃないか。これはＩＳＩＬを支援していることに他ならない」

　クロアッハは頷く。

「世界中の善良なムスリムは、原理主義者やＩＳＩＬを指して、イスラム教を詐称した犯罪集団であり、彼らをイスラム教徒だとは認めていない。しかし、心のどこかでは原理主義者の思想に共感している部分があるのではないか。キリスト教徒とユダヤ教徒の関係に似ているのかも知れないな。そしてＩＳＩＬが売っている原油は他のどこの国よりも安い。裕福ではない国家は背に腹をかえることができないんだよ」

　イスラエルに入る前、黒田はクロアッハの協力を得てシリア国内のＩＳＩＬの活動拠点にまで足を踏み入れていた。

トルコ国境に近いシリア・アラブ共和国北部にある、シリア最大の都市アレッポ。アレッポはシリア地方でも最古の都市の内の一つで、古代からハルペの名で知られていた。古代ギリシア人は、チグリス、ユーフラテス川流域のメソポタミアと地中海の中間に当たる戦略上の要地であるこの町を重要な拠点としていた。しかし貿易面では海路が主流となり陸路を使う東西交易が少なくなって以来、物資の中継は激減しアレッポは衰退した。このアレッポもＩＳＩＬとシリア軍との激戦地となり、町の各所に爆弾が仕掛けられ、無差別殺人も行われていた。

さらにアレッポの一六〇キロメートル東にあるラッカは、現在ＩＳＩＬが首都と宣言しており、ＩＳＩＬの一大拠点となっている。このためロシア軍とフランス軍を中心に激しい空爆が行われている。

黒田はＩＳＩＬの生の姿を自分の目で見ることで、ジャーナリストらが報道する情報がいかに空虚なものであるかを知った。

「そう簡単に制圧できる敵ではない」

ＩＳＩＬに対する正直な感想だった。もし多国籍軍やシリア軍がＩＳＩＬを抹殺するとすれば、その数倍に及ぶ一般市民を巻き添えにしなければならないからだ。

さらにＩＳＩＬはＩＳＩＬの支配地域に来ることができない支持者に向けて、具体的な攻撃対象を挙げ「近くにいる敵に聖戦を行わなければならない」などと呼び掛け、いわゆるホームグロウンテロを決行させている。

ＩＳＩＬの戦闘員数は最小で三万、最大で十五万人との推計もあり、アメリカ軍は推定二万人のＩＳＩＬの兵を殺害しているが、絶えず新しい兵がＩＳＩＬに加入しているため、総数は減っていないのが実情である。

「ジュンは自分の目で戦地や敵の姿を見て、これからの対策をどう考えたんだ」

「世界中で豊かな思いをしていないムスリムの不満のはけ口がＩＳＩＬなんだ。今、多くの難民を受け入れようとしているＥＵ諸国だが、難民の多くは、彼らが夢を見るような生活を避難先で送ることはできないだろう。はっきり言って犯罪者やＩＳＩＬの予備軍を受け入れているようなものだ」

「彼らは国を追われているんだ。どうして彼らは自分たちを受け入れた国で犯罪者やＩＳＩＬの予備軍になるのだ」

「国境の越え方一つ見てもわかるだろう。鉄条網をかいくぐり、制止を無視して流入しているじゃないか。国の脱出から他国に入る瞬間にすでに法を犯している連中なんだ。おまけに彼らに与える仕事はどの受入国にもないのが現実となれば結果は明らかだ。難民と聞けば可哀想な気はするが、闘わずに逃げ出した者がほとんどだ。難民の中にはかならずＩＳＩＬのエージェントが紛れ込んでいる。奴らは貧しい難民を唆《そそのか》してＩＳＩＬの戦闘員に仕立ててしまう」

「人道的な立場から言えば、それを口にするのは控えた方がいいと思う」

黒田はため息をついた。

「イスラエルの様に第三国があらたな土地を提供してくれるとでもいうのかい。難民がドイツを目指したのはメルケルが積極的な難民受け入れを表明したからだ。しかしドイツはシリアと国境を接しているわけじゃない。陸路の場合、まずトルコを経由して旧東欧諸国、オーストリアを経て、やっとドイツに入ることができる。それらの国家のことをメルケルはどの位真剣に考えたかが問題だ。だから僕はメルケルが旧東ドイツ出身のトラウマが出たといっている」

「なるほど。ジュンはイスラエルに入るまでにヨーロッパをこまごまと回って来たからな。しかも各国の情報担当者が一緒ときている」

「イギリスはＭＩ６が同行してくれた。その中で僕はイギリスがＥＵを離脱する可能性の大きさを感じ取ったんだ」

「そういうことだったたか」

「ＩＳＩＬに関しても情報交換を行ってきたが、ヨーロッパの国からＩＳＩＬに行った戦闘員の数は、ロシアの千七百人を筆頭にフランスの千二百人、ドイツの六百五十人、そしてイギリスの六百人となっている。ロシアがアサド政権を支援していること以上にロシアは自国から大量の人員がＩＳＩＬに回ってしまっていることを払拭したいんだ。フランスも自国の難民政策の失敗を突かれたくないんだな」

「イギリスはドイツよりも少なかったのか」

「イギリス国民がＥＵ離脱に大きく傾いた理由の一つに、キャメロン首相のパナマ文書問題があった。あのスキャンダルで大きなダメージを受けたのはキャメロンだ。恒常的な引き締め政策に喘《あえ》いできたイギリス国民は当然ながら激怒した」

「そうだな。キャメロン政権が残留を主張する時点で、残留票は集まらないとみられていた。何よりもまずイギリス国民はキャメロンにノーと言いたかったんだ」

「僕はイギリスのＥＵ離脱が世界経済に混乱を与えるとは思っていない。一時的にイギリス経済は打撃を受けるかもしれないが、ＥＵという機構の改革につながれば新たな展開が見えてくると思っている」

黒田は研修中にＣＩＡ職員と活発に政情分析をするのを好んだ。

「ドイツはどうなんだ」

「ドイツも難民には手を焼いている。ドイツ連邦刑事局の発表では、二〇一六年の第一・四半期に同国で発生した移民による犯罪は未遂を含め約七万件近かったんだ」

「そんなに多かったのか」

「メルケルが進める開放的な移民政策はドイツ国民にさらなる不安をかき立て、反移民グループが勢いづく可能性がある」

「昨年はドイツに過去最高の百万人を超す移民が流入しているようだからな」

黒田はクロアッハが語る数字を注意深く聞いていた。

「難民申請件数で上位を占めるシリア、アフガニスタン、イラク出身者による犯罪がこれから多発するのは目に見えている。それにどう対応するか。ドイツの情報担当者もそれを心配している」

「フランスもだな」

「確かにフランスはドイツとイギリスの間にある国で、しかも農業国という点でアフリカのイスラム原理主義者の間ではターゲットになっているのだろう」

「食物を輸出できる国はヨーロッパではフランスだけだ」

「フランスのどこをターゲットにすると思う？」

「ターゲットとしては原発かフランス空軍か」

「ＩＳＩＬに最も多く参加している国がチュニジアと伝えられている。そしてフランスからの電力輸入なくしてドイツの工業は成り立たないんだ。ジュンはフランスという国をどう思っている？」

クロアッハの質問に黒田が大きく溜息をつく。

「フランス革命によって自由を手に入れた国ではあるが、それ以前の王制当時の遺産で生きている国という感じかな」

黒田の目にはフランスは大きな魅力のある国とは映っていなかった。

「なかなか鋭い見方だな。観光立国を謳っておいて未だ人種差別も根深い」

人種差別はパリの超一流ホテルのメインダイニングですらあると黒田は思う。

「フランス人はヨーロッパ人の中でも肌の色には敏感だな。オーストリアでも感じたが、白人至上主義がとにかく根強い」

「チュニジアからＩＳＩＬに参加した連中の中には、フランスという国を恨んでいる者も多いのかもしれない」

「ドイツでもイギリスでもない、フランスを狙うと……」

クロアッハとの政情分析は知的興奮に満ちていた。

「西側諸国が最も気を付けなければならないのは、ISILにフランスの原発をターゲットにさせないことだ。彼らは必ずそこを狙ってくる。それもドイツに一番近い原発を」

悪夢のような話である。クロアッハは続けて言った。

「一番危ないのはカットノン原子力発電所。フランス第一の規模であるグラヴリーヌ原子力発電所に続く、フランス第二の原子力発電所だ」

「それがドイツ国境近くにあるのか」

「フランス北東部のモゼル県にある。施設はモゼル川の西にあり、ドイツのペルルからわずか一〇キロの位置だ」

「僕のドイツ人の友人がその近くに住んでいる」

「ルール、ザールの両地方は歴史的にフランスとドイツが地下資源の豊富さから領土の奪い合いをしてきた土地だ」

クロアッハが言うとおり、フランスとドイツの領有権をめぐる争いは第二次世界大戦後も続いていた。特にザール地方はヨーロッパ有数の炭田があり、豊かな工業地帯であったため、特に近代以降はドイツ・フランス間でその帰属を巡って対立が深刻であった。普仏戦争でドイツ領となり、人口の九〇パーセントはドイツ人となった。ただし、ザール炭田の採掘権はフランスに認められた。

「フランスは世界一原子力発電の割合が高い国で、全発電量の七七パーセントを原発に頼っている」

「フランスはウランの供給源を政情の安定したカナダやオーストラリアに頼っている。ウランは一度輸入すれば数年間使うことができるからな。原子力を準国産エネルギーとして位置づけている」

「もともとフランスは優秀な核科学者を多数輩出してきたな」

「そうだね。十九世紀に初めて放射線を発見したアンリ・ベクレルをはじめ、放射性元素や放射線の研究で知られているキュリー夫妻などだ。戦前からフランスの原子力研究は、原子炉設計のみならず、半導体製造や医療応用など基礎研究から応用研究まで早い時期から原子力エネルギーの運用に貢献していたんだ」

「だから誰も文句を言えない。悪魔のエネルギーでありながら永遠のエネルギーでもあるからな」

「もし、カットノン原子力発電所か、フェッセンアイム原子力発電所で事故やテロが発生すれば、世界の経済は根底から揺らぐことになる」

これはヨーロッパだけの危機ではなく、まさに世界経済に大打撃を与える悪夢なのだろう。黒田は思わず眉をひそめて聞いた。

「フェッセンアイム原子力発電所というのは」

「フランスのオー＝ラン県フェッセンアイムにある原子力発電所だ。施設はアルザス大運河の西岸にあり、南へ四〇キロ行けばスイスのバーゼルがある」

「バーゼルはスイス唯一の〝貿易港〟だな」

「そう、バーゼルはスイス第三の都市で、ドイツとフランスとスイスの三国の国境が接する地点だ。大型船舶が通航できるライン川最上流の港を持つ最終遡行地であることまではあまり知られていないがね」

クロアッハが笑いながら答えた。

「そのバーゼルまで影響を及ぼすとなると確かにヨーロッパ経済を揺るがすことになるな。ISILだけでなく、イスラム原理主義の狂気がそこまで進まないことを願うだけだよ」

「『狂気は個人にあっては稀有《けう》なことである。しかし、集団・党派・民族・時代にあっては通例である』だな」

「ほう、ニーチェか」

「イスラムの下層市民が爆発するのを事前に阻止することが先進国の使命になって

くるな」

「テロを未然に阻止するために必要なのは、情報だな」

「情報は命」

黒田とクロアッハは握手をして別れを惜しんだ。

＊

海外研修へ出ていた約三年間に、日本が様々な点で変わりつつあることを黒田は思い知らされた。

「黒田警視正は一旦警備局の異動待機要員として当面は警備企画課総合情報分析室及びサイバー攻撃分析センター・サイバー攻撃対策の理事官となっていただく」

警察庁長官官房総務課長からこう指示を受けると、黒田は次長室に向かった。

「おう、黒ちゃん見たところ元気そうではあるが、顔が青白いんじゃないか」

小山田《おやまだ》次長が身を乗り出して顎をさすりながら訊ねた。

「つい先日まで顔中ヒゲだらけだったものですから。顔を陽に晒《さら》していませんでした」

「そういうことか。ともあれ無事で何より」

「ありがとうございます。毎日が新たな経験の連続でした」

「ＩＳＩＬの本拠地まで行っていたようだが、この件は外務省には伏せておいた。官房副長官には一応知らせておいたが、副長官も『黒ちゃんなら大丈夫だろう』と笑っておられたよ」

「官房副長官人事には驚きましたが、あの方に目を付けた今の官邸の知的レベルの高さが、それ以前三代の水準と大きくかけ離れている気がしました」

「民政党政権という不幸な時代を選んだのも日本国民だから、その反省が現在の長期政権を産んだと思えば、日本の民主主義も少しずつ進歩しているということなんだろう」

「そうだといいのですが」

「ところで、黒ちゃんの人事だけど」

「異動待機要員とのことでした」

「警視庁本部と協議して、新たに総監直轄の情報組織を作ることになったんだ」

黒田は驚かなかった。

この三年間、世界中の諜報機関をじっくり観察してきた。日本の数千倍の予算で運営されている諜報機関も複数ある。いきなり日本にもこのレベルの諜報機関が作れるとは思えないが、せめて質の高い情報機関は持つべきである。黒田は、この必要性について、十年以上も前から有能な政治家に具申《ぐしん》していた。

「総監直轄なのですね」

「そう、情報室は危機管理と同じ扱いで組織のトップの直轄として動いた方がいいだろうとね」

「警備、刑事畑の総監なら使い勝手がいいでしょうが、最近は他部門出身の方もいらっしゃいます」

「大丈夫だよ。総監になるまでに、最低でも一度は本部長と警視庁の部長を経験しているから、それなりの報告には慣れているだろうし、議会対応も経験している」

小山田はかなり事情に通じていた。おもむろに手にしていたバインダーを開いて黒田に見せる。

「実は黒ちゃんにこの連中を本格的に鍛えてほしいんだよ」

角秘の朱印が押され「人事案」と記された書類を取り出した。

「作成者は警察庁人事課長。宛先は警察庁長官……え？」

自分が目を通してよいのかと黒田は小山田に怪訝な視線を向けた。

「もちろん上からのお達しだから心配しなくていい」

小山田は顔写真付きの人事ファイルを指示した。

「この連中を鍛えてやってほしい。期間は三年。全員がこの春、海外の大使館勤務を終えて帰ってきた者だ」

「だいたい十五年選手のキャリア警視正ということですか」

「そうだ。全員が大規模県警の公安一課長、捜査二課長を経験している」

中堅エースたちということだろう。

「警視庁幹部もこの人選は承認済みだ」

チーム黒田を支える三十代の精鋭たちは警察トップらのお墨付きを得た人物ということだ。

「私の直属の上司はどなたなのですか」

「藤森警視総監、ただ一人」

さすがの黒田もこの時ばかりは言葉を失った。黒田は一介の警視正であり、その上には警視長、警視監という二階級がある。警視庁本部には何人の警視長、警視監がいるというのだ。

慌てる素振りを見せた黒田を見て小山田はにやりと笑った。

「上司は警視総監だけ。直下を十二人の警視正、十五人の警視が固めている。これに旧情報室の五十五人を加えた八十三人とサイバー犯罪対策十二人、一般職五人を加えた百人体制でスタートする」

「そんな部屋がどこにあるのですか」

物理的な心配もある。

「部屋は極秘だが、中央合同庁舎二号館十六階に用意している。ここなら警視庁の幹部の顔を気にすることもないだろう。総監とはテレビ電話で報告もできる」

黒田は小山田次長の気遣いが嬉しかった。

「スタートはいつからになるのですか？」

「警視庁本部庁舎十一階の旧情報室にある荷物を極秘に運び出さなければならないのと、数人の大使館勤務員の帰国が遅れているので、異動待機という形を取っている」

警視庁の参事官は警視長の階級が原則だが、新任の場合に限り警視正で参事官のポストに就く場合があった。特進である。

「ところで、海外研修中のレポートを幾つか見せてもらったよ。唸らされるものが多かったけど、イギリスのＥＵ離脱の観測はなるほどと思ったよ」

小山田は何度も頷いてみせた。

「自分の目と足で現地をつぶさに見て回れば自ずと出てくる帰結でした。経済と教育レベルが低い東欧諸国がこぞって加盟し、トルコまで加盟しようとしている現状を考えればわかります。EUの理念である政治平等と経済統合は発展途上国にとっては都合が良いでしょうが、限られた先進国にとっては、まさに主権の喪失にほかなりません」

「主権の喪失ね。なかなかうまい表現だ」

「EUからはギリシャ、スペイン、イタリアが脱退する可能性が高いですが、意外とフランスもあり得るかもしれません」

「へえ、フランスかい」

小山田が素っ頓狂な声をだした。

「フランス国内でこれ以上難民等によるテロが発生した場合、必ずEU脱退の声が自然発生的に湧き上がってくると思います。この時がEU崩壊の序章となると思います」

「これは頭の中に入れておいた方がいいな」

小山田は自分に言い聞かせるようにつぶやいた。

＊

次に黒田は警視庁本部に向かった。

警務部人事第一課に入った。いわゆる警視庁上層部の人事を統括する通称「ヒトイチ」である。黒田は警務部参事官兼人事第一課長の漆原《うるしばら》ににこやかに迎えられた。

「初めまして。課長の漆原です」

「海外研修から帰国し、警察庁で異動待機の内示を受けたばかりで」

「次の内々示、新たな情報室の構想についてはすでにお聞きですか」

「はい、先ほど小山田次長より」

漆原は、はいはいと鷹揚に頷いてみせた。

「日本警察初の取り組みです。黒田さんという情報マンがいなければ、成り立たない組織です」

「一気に百人もの体制になるようで、僕も驚いております」

「人事管理だけでなく、業務管理も大変かと思います。警視正といっても海外の在外公館勤務を終えただけの実務にはまだ不安が残る連中ばかり。黒田さんの指導、育成に期待しています」

「付けていただいたのは、優秀な人材と聞いています。外へ出て、それなりの情報網を確立されてきたのではないですか」

「それなりの資質を持っているでしょうが、まだまだ情報マンというには程遠い。どうか連中をみっちり鍛えてやってください」

黒田は恭しく頭を下げながら、漆原の経歴を思い返していた。当然、このヒトイチを束ねるエリートの経歴については調査済みである。

漆原は刑事畑である。刑事局の次期エースとして警視庁刑事部捜査二課長の経験もあった。

「ところで黒田さん、今回訪問した国で印象深かったのはどちらですか」

「冬のロシアですね。サンクトペテルブルクでは未だに凍死者が続出しています」

「それほど寒いということですか」

「下層市民が多いからです。あの国で金を持っているのは、旧共産党の一部の幹部とロシアンマフィアだけです」

「面白い。もっとロシアの内実を聞かせてください」

漆原は柔らかくも鋭い眼差しを向けてきた。

「プーチンは旧ＫＧＢからロシアンマフィアに転進した輩を巧く使っています。ロシアには大富豪も多くいますが、彼らもまた海外ではロシアンマフィアの世話になっているのです」

「なるほど」漆原はひとつ頷くと、口を開いた。

「クリミア半島の併合やウクライナ紛争で、ロシアと国際社会は険悪な関係になっていますが、この辺りをどう見ていますか」

「西で欧米と対峙しているロシアが、東の日本に擦り寄って来るのは当然の流れです。ロシアの国内経済は悪化の一途で、シベリア開発の金もない。それには日本の経済協力を当てにするしかありません。石油、天然ガスなどエネルギー資源開発や病院、上下水道、交通網などのインフラ整備が広いロシアには行き渡っていません。シベリアは依然として非常に貧しい地域です」

「プーチンの狙いは」

「領土問題の解決を餌に日本から金を引き出したいのですよ」

黒田は鮮やかに分析してみせた。

「シリアやウクライナの情勢を棚上げする形で日露が接近することを、ＥＵ諸国は認めないのではないですか」

「EUはイギリスの脱退で大きく揺れています」

「一枚岩ではなくなりましたね」

「一枚岩ではなくなったと見た方がいいでしょう。またアメリカも大統領選挙で国内が揺れている。トランプの躍進は、内向きのアメリカ第一主義が蔓延している証拠です。日本と欧米各国の対ロ外交の最も大きな違いは、対中国、対韓国外交同様に領土問題を含んでいることです」

「日本があまり強硬な態度を取ると、かえって国際社会から反発を招くおそれもありませんか」

漆原はそう言って黒田に意見を求めた。

「課長のおっしゃる国際社会というのは、アメリカやEUがご都合主義的に押し付けたものの見方とも言い換えられませんか？」

黒田は思い切って切り返してみせたが、漆原は無言で先を促すので続けた。

「日本には領土問題という深刻な事情があり、特に北方領土問題は第二次世界大戦末期のどさくさに紛れて条約を一方的に反故にしたソ連の悪行を、アメリカや過去のEU諸国が追認した経緯があるのです。外交の基本には国益を貫くことが自立の証《あかし》だと思います。今、日本は対ロ外交に関しては信念を持って進むべき時だと思います」

「なかなか厳しいご意見ですが、外務省や外交を知らない国会議員に聞かせてやりたい気もします」

漆原は楽しそうに笑った。

「国際的孤立、国内経済の混乱、開発資金の欠乏等、現在のロシアは北朝鮮と何ら変わりない状況です。ただし、プーチンと金正恩の違いは独裁者でありながら世界を俯瞰《ふかん》する能力がプーチンにはあることです」

「なるほど。じゃ、この辺で総監室に行きましょうか」

漆原は応接テーブルの電話から総監秘書官を呼び出した。

総監室には副総監と総務、警務部長の両部長も集まっていた。

大幹部を前にしても黒田は何ら緊張感を覚えない。なぜなら、普段から自室に呼ばれて捜査状況や政治分析などを、時には雑談を交えて報告しているからだ。

「黒ちゃん。もう結婚式は挙げたのか」

総監の藤森和博《かずひろ》が笑いながら黒田の肩を軽く叩いた。

藤森は黒田の海外研修を強く推してくれた一人だった。研修内容をあれこれ質問されると思っていた黒田は、意外な質問に慌てた。

「いえ、三年間待たせるわけにはいかなかったので、向こうで身内だけで挙げました」

「人事課も驚いていたよ」

と副総監の高石も続く。

「若い嫁さんを真冬のロシアにも連れて行ったのかい」

「うちのは看護の分野で仕事をしているので、肝が据わっているところがあります。アメリカでは大学院で勉強ができ喜んでおりました」

「ところで、新生情報室のことだけど」

高石は警備警察の中でも「ミスター公安」と呼ばれた逸材だった。

「藤森総監直轄の件ですね」

「百人のメンバー表はもうすぐ黒ちゃんの手元に届くと思う。それなりの人選をしたと自負しているんだ」

「高石副総監もタッチされたのですか」

「キャリアについては察庁の人事課長や人事企画官と一緒にな。人事記録とにらめっこだったよ」

警大の卒業成績や考課表に始まり、振り出しの県の課長としての成果など、あらゆる人事記録を全てチェックしたうえで選んだのだろう。警察の人事記録は非常に細かいことまでデータ化されているものである。

そこで藤森が口を開いた。

「ところでフレンドマートのATM不正引出しの捜査を頼むぞ」

「はい、帰庁して早々に、大事件を拝命いたしました」

大手コンビニチェーン、フレンドマートに設置されているATMから短期間の間に偽造クレジットカードで一八億円が引き出されたという。十七都府県で被害が出ていた。

「中国マフィア絡みとあたりが付いているそうだ。コンビニの防犯カメラを調べれば末端については簡単に確認できるだろう」

「犯罪を仕切る組織についても、十七都府県という数字がヒントになりそうです」

「というと」

「十七都府県全てに支部など下部組織を持っているマフィアなのではないかと予想します」

うむ、と藤森総監が唸った。

「中国マフィアと接点が深い反社会的集団の仕業でしょう」

フレンドマートをはじめ、コンビニチェーンはコンビニの銀行窓口化を急ピッチで進めている。主に海外からの観光客が、日本のコンビニでクレジットカードを使って現金を引き出せるようにするためである。海外銀行との連携も必須となる、政府が成長戦略の一環として普及を進めている事業だった。

その矢先に、今回の事件が起きてしまった。

「少し安易なATMの設置構想の足をすくわれたな」

「犯罪グループの目には、警備の手薄なコンビニに金が放置されていると映るかもしれません」

「日本のメガバンクも、海外カード対応のATMを設置し始めている。ある銀行は今年度中に百台程度、二〇二〇年までに千台規模まで増やす方針だったんだが」

「今回の事件で偽造クレジットカードで金が盗まれたのはどこの銀行ですか」

「南アフリカのスタンシード銀行だ」

このように日本で起きた犯罪にもかかわらず、犯罪組織も被害者も外国人や外国企業となる事件は今後増えるだろう。

「一万回を超える引き出しがあったようですね」

スキミング対策は早急に行われなければならない。

「出し子の割り出しはこれからだな。それほど難しくはないだろう」

黒田チームの初仕事としては面白い事件ではある。

「今回は情報室の設置を公にするのでしょうか」

警視庁情報室が発足した当時、その存在は完全に伏せられたままで、国会内で怪文書が撒かれてちょっとした騒動となった。黒田は発足当初のことを妙に懐かしく思い出した。

「今回は正式なセクションだ。黒ちゃんは参事官級の室長だから、メンバーの異動に関しては伏せておくが、組織の分掌事務の変更は広報する予定だ」

＊

警察庁官房総務課の会議室の端にあてがわれた仮デスクで、黒田は用意されているパソコンを開きメールチェックを始めた。

その中から黒田は一件のメールに目を止めた。

引き続き情報室のメンバーに選抜された栗原正紀《くりはらまさき》からだった。

「栗原です」

警電をかけると受話器から懐かしい声が響いた。

「ああっ、室長!」

慌てているようだが声を弾ませたのがわかった。

「なんでこのメールアドレスを知っているんだ。誰から聞いた」

黒田はあえてトーンを落とした。

「いえ、あの人事からの角秘文書にありました。今の上司のところへ回ってきたんです」

角秘文書の内容が閲覧可能な者以外に広まっていることに引っ掛かりを覚えたが、ここでは口に出さなかった。

「そっちはどうなっている。元々の十一階の部屋は」

「まだ営業中です」

「責任者は誰だ」

黒田はその者の名前を知らなかった。この大組織では人はどんどん入れ替わっていくのだ。

「捜査二課出身で企業系の情報に詳しい方です」

ふううん、と黒田は呟いて話題を変えた。

「すでに組対部が捜査に着手している、フレンドマートで偽造クレジットカードが使われて金が引き出された一件があるだろう。今回、あの捜査が新生情報室の初仕事になる可能性が高いんだ」

「組対には」

「情報は流さない。独自捜査だ」

組対は手をこまねいているのか未だ事件の全体像は明らかになっていなかった。

今回の事件で実質的な被害者となった南アフリカのスタンシード銀行の、銀行オンラインシステムを作ったのは中国系企業である。黒田はそこから中国マフィアの臭いを嗅ぎ取っていた。スタンシード銀行はロンドンをはじめ世界各国に支店を持つ大きな金融グループである。

ところが調べてみると、十年以上前、この銀行の東京支店はマネー・ロンダリング事件を引き起こしていた。指定暴力団福比呂《ふくひろ》組のヤミ金融グループと手を組んだものである。組織犯罪処罰法で義務づけられた疑わしい取引の届け出をしなかったなどとして、一年の業務一部停止を含む行政処分を受けていた。

金融庁は東京支店が複数の人物から頻繁に大量の割引金融債の持ち込みを受けたことを突き止めた。換金を求められた際、顧客の本人確認や金融庁への届け出を怠ったとして、銀行法に基づき、有価証券の保護預かり業務の新規取引受託を一年間停止する処分を行った。さらに法令遵守を徹底する業務改善を命令し、財務省は同支店を一定期間国債などの入札から除外していた。

「何かと虫がつきやすい銀行なんだな」

犯行は十七都府県にまたがり、わずか三時間でクレジットカードのキャッシングが一万五千回近く（一回あたりの限度額は二〇万円）行われたという。標的はすべてフレンドマートが運営するＡＴＭ端末である。

「黒田室長はさっそく捜査をなさっているのですか」

栗原はいつものことながら、黒田の動きの速さに驚いている。

「まだまともに机もないんだけど、チームが揃う前に概要だけでもまとめておこうと思ってね」

早速端末からビッグデータにアクセスしてみる。

「なるほど。これは面白いことになってきたぞ。栗原、こっちの仮デスクまで来てくれないか」

「了解」

捜査を始めると野性的な勘が戻ってくるようだった。

黒田はビッグデータの検索項目の選び方にセンスがあると自負している。どんなに大量のデータがあろうと検索ワードを誤れば、全く違う結果が出てきてしまう。逆に意外な組み合わせが正しければ、予想外の人物相関が見えてくる。

早速やって来た栗原は食い入るように画面を見ている。

「久しぶりにテンションが上がるなあ」

「室長、二千五百もの検索結果が出てきましたが、この中の何が面白いのですか」

目を泳がせて栗原はうろたえた。

「ビッグデータの活用では一番知りたい回答が初めの五十個の中に出てくるように検索ワードを絞り込むことなんだ。ビッグデータのほとんどは公刊資料に基づくデータだ。その中で捜査官が見落としていたり、軽視している事象に重要なヒントが隠れているものだ」

「例えばどれですか」

「これは捜査デスクが広報した内容なんだろうが、一つはこの部分だ」

画面の下の方に「大熊《パンダ》焼肉店」カードと何も書いていない白いカードの画像が出

ている。

「暗証番号は全て同じ。加えて、盗まれたクレジットカード情報はEMV方式ではなく磁気ストライプ式のカードだけだった」

「これから何がわかるのでしょうか」

「大熊焼肉店なんてものを真《ま》に受けてはいけない。中国系の焼肉店って聞いたことがあるか？」

「確かに変ですね。普通焼肉といえば韓国系ですから」

「この白いカードは、秋葉原に行けば一枚百円もしない価格で売っている。つまりカードの種類が一種類に限られて、暗証番号がすべて同じだったとなれば、今回の南アフリカの銀行の顧客データ不正取得の手口はハッキングによるものと言えるだろう」

「誰がどのような形でハッキングしたとお考えですか」

「欧米のプロ集団を利用した可能性もあるが、今回の銀行はイギリス資本が入ってからはコンピューターに関するプロテクトは極めて厳重だったはずだ。そうなれば犯人サイドは銀行内に内通者を獲得していると考えるのが妥当だ。そこで考えられるのが過去の仲間の存在だな」

「過去の仲間？」

栗原は怪訝な顔で首をひねる。

「銀行にとって一八億円位の損失はたいしたことはない。むしろ、これは銀行のシステム全体に対する警鐘とすれば大きなメリットになったはずだ。わずか一八億円の損失で数千億、数兆円の被害をくい止めたと考えれば株主に対してもいいわけがつく金額だ」

「たった一八億円、ですか」

「日本の年金なんて、半年で五兆円のロスを出したんだぞ」

「しかし、反社会的勢力にとっては十分旨味のある金ですね」

栗原は久しぶりに聞く黒田らしいスケールの大きな話に呆然としていた。

「さて、犯人グループの特定はさほど難しくはないだろうが、その背後で糸を引いているのがどこか」

「もちろん中国でしょう」

「ロシアか、もしくは僅かな可能性としてアメリカかもしれないよ」

「え？　どうしてそこにアメリカが出てくるのですか」

「アメリカが日本の金融機関で一番欲しいのが『ゆうちょ』と『かんぽ』だ。郵政民営化をやった背景にはアメリカの強い要望があったからだ」

黒田の持つ情報は多岐に渡っており、到底栗原では知る由《よし》もないものばかりだった。

「国内の金融機関で海外のクレジットカードを利用できるのは『ゆうちょ』と今回被害にあったフレンドマート銀行だ。他行も東京オリンピックに向けて財務省の指示のもとに準備を進めている。ただ、『ゆうちょ』の対応端末は全体の一割にも満たない。フレンドマート銀行だけがほとんどのATMで海外のクレジットカードが使えた」

「今回の事件でゆうちょや他行も二の足を踏むのではないですか」

黒田は首を横に振った。ATMの発注はすでに終わっていると聞いていたからだ。

「今度は日本の銀行が狙われてしまいます」

「クレジットカード会社のデータにどのようなプロテクトをかけることができるかだな」

「EMV仕様のカードと磁気ストライプ式のカードはどう違うのでしょうか」

「栗原、もっと勉強しないとな」

ＥＭＶ仕様とは、一般的な外部端子付ＩＣカードの物理的・機能的条件等を規定した国際規格金融分野向けに必要なＩＣカードと端末の仕様を規定したものである。

「磁気ストライプ式カードは、いわゆる普通のＩＤカードのようなキャッシュカードですよね」

磁気ストライプは読み取り機の磁気ヘッドに接触させ、スライドさせることで読み取ることができる。磁気ストライプカードはクレジットカードやＩＤカード、交通機関の切符などによく使われている。

「そうそう」

「Suica とか PASMO はどちらになりますか」

「あれは非接触式のＩＣカードだ」

非接触式ＩＣカードとは、カードの内部にアンテナを持ち、外部の端末が発信する弱い電波を利用してデータを送受信するＩＣカードのことである。

接触式ＩＣカードと違って読み取り端末に接触させなくても処理が可能なため、振動やほこりが多い環境での運用に適している。また、カードを抜き差しする手間がないため、高速な処理が必要な鉄道やバスの決済処理には非接触式カードが使われている。

「非接触？　自動改札などを通過するとき一秒以上タッチするように案内していますよね」

「あれは非接触式カードであることを、あえて利用者に知らせないためのアナウンスなんだ」

「知りませんでした」

「以前バッグの底に非接触式ＩＣカードを入れたまま、自動改札を通過できるから便利だなんて言われた時期があった。しかし、そのＩＣカードデータが電車内でスキミングされる被害が増えて、結果的にバッグメーカーがその生産を中止した」

「犯罪者は狙ってきますね」

スキミングとは、カード犯罪で多く使われる手口の一つで、主に磁気ストライプカードに書き込まれている情報を抜き出し、全く同じ情報を持つクローンカードを複製する犯罪である。そして、ＩＣカードでも非接触式の場合には、そのカードの磁気に記録されている各種データを、カード情報を読み取る機能を持ったスキマーと呼ばれるスキミングマシンによって盗み取ることができた。

「非接触式ＩＣカードの怖さがそこにあるんだ。だから入金金額の上限は二万円に制限されている」

「私の PASMO はクレジットカード機能も付いているんですが」

ポケットからカードを取り出した栗原は心配顔だ。

「非接触式カードと併用されているクレジットカードは、クレジットカード部分には通常のＥＭＶ仕様が付けられているんだよ」

「そうですか。日頃からなんでも問題意識を持っていなければなりませんね。また一つ反省しましたが、利口にもなりました」

近い未来、ＥＭＶ仕様のＩＣカードも危なくなる時代がくるのではないのか。

「クレジットカード会社もしくは銀行からパスワードデータが盗まれないかぎり大丈夫だろう。パスワードのハッキングに血道をあげているハッカーもいるだろうが」

日頃から新技術における利便性とリスクを常に比較していかないと、重大な事件を食い止めることができない。犯罪者は、「無料」「便利」「簡単」という言葉で誘惑し、大切な個人情報を抜き取ることを狙っているかもしれないのだ。

「ところで室長、先ほどのビッグデータ解析で他に何かわかったのですか」

「ビッグデータと組対部の検挙報告を両方比べてみたんだが、今回の事件ではすでに二十人以上の出し子が逮捕されている。そのメンバーのバックグラウンドに共通項があることがわかったんだ」

「えっ、もうわかったんですか」

「わかったのはまだほんの一部だが、バックにはやはり指定暴力団福比呂組がかかわっているということだ」

かつて南アフリカの銀行と組んでマネーロンダリングをやっていた反社会的勢力の名前を出した。

「そうだ。これを裏付けるように防犯カメラの映像などにはマスクで顔を隠すなどした、およそ六百人の画像と反社会的勢力名義の車両と、その車両に関するNシステム等による移動記録も解析されている」

「すると犯人グループはもう判明したも同然ではないですか！」

「問題はこれからだ。反社会的勢力が使用していた車両の運転者や同乗者もほぼ解明されているだろうが、その通信手段が問題だ」

「通信手段と言えば、ほとんどが携帯電話やメール、LINEあたりではないのですか」

出し子などの下っ端を逮捕するだけでは意味がない。

「トカゲの尻尾切りに終わってしまってはいけない。今の組対の捜査方針だとそうなりかねないから不安だよ」

黒田は組対部の捜査関係資料にざっと目を通しただけで、現在の組対部の捜査方針が見えてくるのだった。

「まあ、突っ込んだ話はまたきちんとしよう。データを保存しておいてくれ」

「了解」

「来週には新たなメンバーの一覧が僕のところに届くそうだ。新組織が実質的に動き出すのは再来週になるだろう。それまでに今手掛けている案件は終了しておいてくれ。栗原は当分の間、僕のアシスタントになってもらう」

それを聞いた栗原は喜色満面だ。

「まだまだ勉強不足ですが、なんとか片腕になれるよう努めます」

頭を下げる栗原に黒田はどこか寂しい気持ちを覚えた。誰かのアシスタントで満足していては、一流の情報マンにはなれないのだ。

＊

黒田は官房総務課会議室の仮デスクに戻り、チヨダに電話を入れた。

「情報室の黒田さんですか。初めまして、私、静岡県警から出向で理事官担当を務めております竹林《たけばやし》と申します。黒田室長と管区学校でご一緒でした山城《やましろ》の後輩です」

「山城さんは今どうされていますか」

「今、県警公安二課長です」

「静岡の公安一課長はキャリアの指定席ですからね……そうですか。今、校長は御自席にいらっしゃいますか」

「今、局長室に報告に行っておりますが、間もなく戻ると思います」

「一度、ご挨拶をしておこうと思いましてご連絡をいたしました」

「理事官も喜ぶと思います。黒田室長のことは伝説のようにここでも伝わっていますし、高石副総監からも黒田室長が帰国されたら連絡を密に取るように指示を受けております」

高石らしい指示だと黒田は思った。組織上は総監直轄ではあるものの、報告に際しては副総監も同席することになっていたからだ。数年後には何事もなければ高石が警察庁長官もしくは警視総監に就任するのは確実視されている。

警視庁情報室の情報を最も知りたいのは、案外、高石であるかもしれなかった。

一旦電話を切った十分後、竹林担当から校長が自席に戻った旨の連絡が入った。

チヨダこと、警察庁警備局警備企画課情報分析室に黒田が赴くのは十数年ぶりだった。本来ここに入ることができるのは、全国の公安係の主要メンバーだけである。警視庁の場合は原則として情報若しくは事件担当の管理官で、その他では校長こと警備企画課第二理事官（一部では裏理事官とも呼ばれているが）が特別に許可した情報マンだけだった。黒田は警部補時代にこの例外の情報マンとして校長に対する直接の報告を許された数少ない情報マンだった。

チヨダの校長は部屋の入り口で黒田を出迎えた。

「理事官の福士《ふくし》です。この春に在イギリス日本大使館勤務からこちらに赴任しました」

「MI6のジョセフ・トインビーから福士理事官のお名前は伺っております」

「ほお懐かしい名前ですね」

四畳半ほどの狭い理事官室。応接セット脇のパイプ椅子に黒田は腰を下ろした。

「黒田さんは海外では日本のエージェントとして認知されているようですね」

黒田はとんでもない、と首を振った。

「中国、ロシアのエージェントは、黒田さんの動きにナーバスになっていると私のところへも漏れ伝わってきていますよ」

福士理事官は柔和な笑顔を見せたが、目は笑っていなかった。

「今回、中国には足を踏み入れてはおりませんし、動向を監視されるようなヘマはしていないと思います。ただ、ニューヨークなどでチャイニーズレストランに入りましたから、その際に通報された可能性は否めません」

都市部の中華料理店の中には大使館関係者とつながっている店も多いのだ。日本とて例外ではない。

「とくに今はパリの店が油断ならないと聞いています」

「ニューヨークは大丈夫ですが、サンフランシスコは危ないと耳にしたので、入りませんでした」

「黒田さんはＩＳＩＬの本拠地にも足を踏み入れていたとか。本当ですか」

福士も黒田ならやりかねないと思ったのだろう。驚いたそぶりは見せない。

「モサドの信頼できるエージェントに引率してもらいました。外務省にも内密で入国したんです。ＩＳＩＬはまさに狂気ですね。直接日本には影響を及ぼす可能性は低いと思いますが」

「ところで黒田さん、新情報室の稼働はいつ頃になる予定なのですか」

「ぼちぼちというところです。事務所も極秘裏に移動しますし、各種装備資機材の搬入もあります」

「日本警察の威信をかけた新組織が発足するのですね」

「わずか百人の組織で、しかもそのほとんどは本物の警備情報に触れたことがない人たちです。威信をかけるというよりも新たな実験が始まったに過ぎません」

「キャリア警視正を一気に十二人も投入する新組織など聞いたことありませんよ。私たちにも少しは情報を流してくださいね」

福士は笑ったので、黒田は低姿勢に頭を下げる。

「チヨダの理事官は全国作業マンの憧れの存在です。今後は直接チヨダと連絡を取りながら仕事ができる喜びも感じております」

黒田は気恥ずかしく思いつつも光栄だった。

＊

週末、黒田は久しぶりに西葛西に足を向けた。

小料理屋「しゅもん」の暖簾《のれん》をくぐって引き戸を滑らせた。三年ぶりの店内は、何も変わっていない。暖かい雰囲気に心を和ませながら黒田はカウンター席の椅子を引いた。

「いらっしゃいませ」

厨房から声がかかった。まだ黒田の存在には気付いていない様子で、包丁を持つ手を動かしながら、背面の鍋と焼き場に目を動かしているのは板長の敏《とし》ちゃんである。

「生ビールください」

「はい、ありがとうございます……おおっと、黒田さん！」

奥の小上がりで料理を出していた真澄《ますみ》ちゃんが振り向く。目を丸くする二人を見て、実家に戻ったような気持ちになった。

「相変わらず繁盛でなにより」

真澄ちゃんにおしぼりを手渡された。

「どうでした、外国は」

「アメリカにヨーロッパ、ちょっと危ない所へも行ってきましたよ」

「ところで黒田さん、ご結婚なさったとか」

常連のサッカー部仲間から聞いたのだろう。

「しましたよ。と言っても別居婚のようなもので、彼女はアメリカの大学で勉強していたので、僕はひとりであっちこっち飛び回っていました」

ビールで喉を心地良く潤す。

「今、奥さんは？」

「まだ向こうの大学にいるんです。あと一科目履修すれば、何かの資格が取れるらしくて」

「今どきの夫婦って感じ」

「僕も来年には五十の大台に乗るからさ。ぼちぼち落ち着かなければならないんだけどね」

「黒田さん、生ビールの次はどうしましょう」

「日本酒も新しいのが入っているみたいだね」

「毎週、季節に合ったお酒を三種類ずつ入れています。手取川《てどりがわ》も、もちろんありますよ」

真澄ちゃんが毎日手書きするお品書きを眺めた。

「シマアジとミル貝を半分ずつ下さい。それから日替わりのおすすめは？」

「茄子の煮びたし鰻のせ、アジの南蛮漬け、鶏ごぼう煮はいかがですか」

「いいね、少しずつください」

お通しの卯の花とひじきをつまむと、上品な甘さが口の中に広がった。

「奥様と新婚旅行はお預けですか？」

「今年の夏にやっと休みを合わせてパリとニースへ行ってきました。革命記念日はパリにいたんです」

フランスで年に一度のお祭り日である。

「わあ、素敵」

「朝の軍事パレードは比較的素朴な感じでしたが、エッフェル塔での花火は圧巻。エッフェル塔周辺は大混雑で、ルーブル美術館まえのチュイルリー公園辺りで見物しようと思ったのだけど、結局ホテルでルームサービスを取りながらテレビで」

黒田が苦笑する。

「でも革命記念日の花火だけはテレビ観賞がベストだって聞いたことがありますよ。迫力はなくても、本当にきれいに見えるとか」

在フランス日本大使館の書記官もテレビ観賞していると聞く。

「邪道かと思ったけど、花火の後はメトロも止まって、交通規制も厳しいからね。

おまけにその夜ニースでテロも起こってしまいましたから」

「ニュースで見ました、こわかったですね。ニースにも行かれたんでしょう」

真澄ちゃんは身をすくませて眉をひそめた。

「テロの四日前までニースにいたんですよ」

「ええ、黒田さん本当に？」

その日はＥＵＲＯ２０１６の決勝戦があり、ニースの旧市街は大変な混雑だった。ヨーロッパ人のサッカー熱のあまりの激しさに黒田は閉口した。

「雑踏の中でうちの妻が呟いたんです、テロなんか起きたら大変ねって」

「へえ、奥様も危機管理のセンスがおありなんですね」

「偶然言い当てられてしまった。タフでお酒が好きな女性です」

黒田はまたお通しに箸を伸ばす。

「この卯の花、本当に美味しいよ」

おからは黒田の大好物のひとつである。

「海外で日本食は食べなかったんですか」

真澄ちゃんが「私なら絶対に無理」と笑いながら続ける。

黒田はおしぼりで顔を拭きながらさりげなく周囲を見回す。顔見知りの客は誰もいなかった。

「新しいお客さんも増えたね。面白いお客さんはいる？」

「高村《たかむら》さんという、大手企業を退職された自称詐欺師さんがいらっしゃいますよ」

「ほう、そりゃ確かに面白そうだ」

黒田は自称詐欺師に興味が湧いていた。お造りが届いたところで黒田は手取川の特別純米をオーダーした。

「帰国後最初の日本酒だよ」

黒田は最初に一杯だけ真澄ちゃんに注がれた手取川に口をつけた。

「この味だ……」

「黒田さんって本当に美味しそうに飲みますね」

「それなのに、不思議と向こうでは全く身体が欲しないんだよ」

「気候のせい？」

「うん、でもきっとそれだけじゃない。美味い日本酒には美味い和食が必要なんじゃないかな」

話をしているうちに、開店と同時に入っただろう客が何人か席を立ち始めた。入れ替わるように黒田を知る常連客が入店してきた。

「黒田さん！　生きてたんだ」

黒田の「正体」を唯一知っている、不動産屋社長の伊東《いとう》が黒田を見るなり満面の笑みを浮かべた。

「伊東社長もお元気そうでなによりです」

伊東は黒田の右隣に腰かけて、「いつもの三点セット」と簡単な注文を入れた。

「海外はどうでしたか」

「この数年でアメリカの体質がちょっと変わったように思いました」

「アメリカも足腰が弱っていますか？」

「オバマが世界の警察にはならないと言い始めた頃から、内向きな一国繁栄の道を選び始めた兆候はあったのですが、まさか共和党があれほど堕ちるとは想像できませんでした」

「しかし、アメリカの一般国民の知的レベルというのは、そもそもあの程度なのではないですか」

「東京都民とそう変わらない」

「そうねぇ」

二人はくすっと笑いながらグラスと猪口《ちょこ》を軽く合わせた。

「シェールガス、シェールオイルによってエネルギー問題が解消されて、回復軌道に乗ったと思ったのですが。おまけにハリケーンや竜巻など自然災害による痛手も大きいですね」

「中国同様、自分で蒔いた種だからしかたないことでしょう」

「いえ、地球温暖化に関しては笑い話では済まなくなってきているのです」

伊東が興味深そうに頷く。

「近い将来、大変なことになりますか」

「実は、北極海が危ないのです。昨年の夏、北極上空をノルウェーの政府関係者と一緒に調査飛行したのですが、何と、氷の半分近くが解けて海面がポツポツとため池のように現れているのです」

「北極の氷が解けるって、しかし冬は凍るのでしょう」

「冬は確かに凍ります。しかし、夏にあのような状況になったのはこの数年ということで、年々、夏の解けている部分の面積は広がっているというのです」

「解けてもまた凍ればいいような気がしますが。違いますか」

「北極が凍っていれば白い氷原となって、太陽の光を八〇パーセント以上反射してくれるのだそうです。しかし、そうでなければ海は太陽光によって熱を吸収し、より北極圏の氷が解けるのです。そうなれば地球上の海面水位は上昇し、地球上で沈んでしまう国家や地域が増えてしまうことになりそうなのです」

黒田は地理的、科学的な情報にも常に関心を払っている。

「なるほど。一旦解けて広がった氷水は元には戻らないのですね。あと何年くらいで北極海の氷は解けてしまいそうなのですか」

「十五年持つかどうか」

「わりと近い未来ですね」

伊東は静かにため息をついた。

「シロクマは絶滅するでしょうし、世界の海流が大きく変わる可能性があります。特に北半球の寒流は一気に弱くなり、暖流が北海道辺りまで勢力を保って上ってくることになるでしょう」

「日本の漁業が終わってしまいますね」

「そういうことですよ」

伊東の読みは的確だった。

「実は今でも東京湾の魚が釣れなくなったと、常連の釣り師、中島師匠が言っているんですよ。最初は中国や台湾の船が日本近海で大量に獲っているからだと言っていたんですが、どうやら南の方から来た獰猛《どうもう》な魚が、元からいる魚を食い尽くしているからかも、という話もありましてね」

カウンターから敏ちゃんが話に加わった。

「その可能性は否定できませんね。それにクジラが増えすぎています。ノルウェーはいまだに商業捕鯨を続けていますが、クジラをもっと減らさないとイワシやニシンが激減してしまうと漁師が嘆いているそうです。日本は立場上、大きな声では言えないようですが、水産資源を守るためにも誰かが言い出さなければならない時が来ているようです」

「うちでも時々クジラを提供しますが、本当になじみのお客様しかオーダーしませんからね」

くじらの竜田揚げも黒田の好物のひとつである。

そこへ初老の男性が暖簾をくぐってきた。

「高村さん、いらっしゃい」

先ほどの自称詐欺師がご来店である。こざっぱりとして愛想よく微笑む男の所作を黒田は冷静に観察する。

「いつまでたっても暑いね。冷夏は嘘やったし、七十歳過ぎた単身者には酷よ」

冗談まじりに敏ちゃんに言ったかと思えば、真澄ちゃんに向かって、

「いつ見ても綺麗やね」

リップサービスも忘れない。嫌味のない言い方に、なかなかの遊び人とみた。

「どうですか。儲かってますか」

と伊東社長。

「あまり儲かり過ぎないようにはやっとるけどね。何分、わしは詐欺師やからね」

話し方に福岡訛りを聞き取ることができた。

「高村さん、こちらが噂の黒田さんですよ」

高村がカウンター席から大げさにのけぞるようにして黒田を見た。黒田は椅子を少し引いてにこやかに応じた。

「リスクマネジメントのプロやそうやね。詐欺師に騙《だま》されんごとするにはどうしたらいいかね」

なかなかの強者《つわもの》の登場に黒田は微笑んだ。

「詐欺にもいろいろな形態があるとは思いますが、大きく二点挙げれば、本人の顔を見ずに金を払わない。儲け話を他人に教える人はいない。というところですかね」

「さすがやね。そやけど都市銀行でもある程度の預金がある客には投資話を持ってくるんじゃないのかな。あれは詐欺かい」

「投資というより運用でしょう。余裕があるならばやってみませんか、という程度で、儲かりますとは絶対に言わないでしょう。何といってもマイナス金利の時代ですから、銀行の口座に置いたままよりも利息分が増える可能性の問題ですね」

「なるほど。儲け話というのではなくて、銀行同様、運用を勧めるのはどうかな」

なかなか高村は喰いついてくる。

「資金に余裕がある人に、遊ぶつもりでやってみませんかと持ちかけるなら問題ないでしょう。カジノに誘うのと同じようなものですから」

「カジノと運用の勝率は違うんじゃないの」

「投資の種類にもよりますが、商品先物取引のような場合には特に注意を要します」

「鋭いところを突くねえ」大口をあけて高村は笑って続ける。

「実は俺、その商品先物取引のプロなんだけど」

「先物取引で利益を得られる確率についてですが、仮に丁半博打程度まで勝率を上げたとしても、成功と失敗の確率は五分五分ですよね。この間に売買手数料と消費税がとられるので、それを引いたらマイナスとなります。統計上では損得の割合は、だいたい八対二から七対三の比率と言われているように記憶していますが」

「あんたよう知っとるねえ、こわい人だわ」

高村は生真面目な顔で黒田の目を覗き込む。

「加えて言えば、今の数字は投機の専門家も含めた数値で、一般客の利益率はさらに低いということです」

「何が問題なんやろう」

「業者というか、ブローカーも含みますが、彼らは客が儲けようが損をしようが、その手数料で食っているわけですから損がありません。できるだけ相場の特性と人間の弱さの特質を利用して『見切り千両』ではありませんが、儲けのときは早く利を入れ、損の時にはねばって大きく引かされる愚を回避することが大事でしょう。しかし、なかなかそう行かないのが先物取引の特徴ですね」

「先物取引否定派やね」

「そんなことはありません。デリバティブは未来の売買についてある価格での取引を保証するものですから、特定の業界においては必要不可欠な取引です。それに外部の第三者が利益目的に投資をするのは極めてリスクが高い。したがって、リスクヘッジすることによって、様々な起こりうるリスクを回避したり、その大きさを軽減するように工夫すればいいわけです。具体的にはヘッジ取引により将来のリスク低減、分散投資によるリスクの低減などで、これも一種のリスクマネジメントですね」

黒田の話を聞きながら高村は真澄ちゃんに顔を向けた。

「この人はやっぱりリスクマネジメントのプロやね。よお知っとお」

「だから常連のお客さんは困った時の黒田頼みと、皆おっしゃっていたんですよ」

高村はもう一度黒田を試そうとしているのか、

「俺みたいな詐欺師が、客から詐欺師と言われないようにするにはどうしたらいいと思う」

そう言ってにやついて見せた。

「リスクとは『不確実性』という意味ですから、最初に相手方に対して将来どうなるか分からないと伝えておけばいいと思います。特にマイナスの意味をもつ事態に対しては、その不確実性低減のための行動を取る姿勢を見せることがリスクヘッジとなると思います。ですから、かつて先物取引で流行《はや》った、業者が一般投資家に損失を生じさせながら、自己の利益を図ったような『客殺し商法』を回避すればいいのではないですか」

「そうやねぇ」

ふむふむと頷きながら高村は目を閉じてしまった。

「無意味な反復売買、利益金の証拠金振替、仕切り拒否・回避などを駆使して、手数料稼ぎに専念して自らの収益を上げ、顧客に過大な取引をさせ追証拠金を次々と要求する手法ですね。結果的に顧客の資金が尽きてしまうまで手口が繰り返されるという、詐欺を越えた陥れ商法ですね」

「俺はそこまではせんけどね」

ぱっと目を見開いて高村は言う。

「ではどこが詐欺師なのですか」

「どんな先物取引のプロでも、価格や数値が変動する各種有価証券、商品、指数なんかについて、未来の売買を予測することはできんということよ。それをいかに予測できるような顔をして商品を売るか。その話術で客をどこまで魅了できるかなんや。な、詐欺やろう」

「欺罔《ぎもう》行為に該当するかどうか。法律のプロでもわからないかもしれませんよ」

高村はひとつ頷くと、再び穏やかな紳士のような表情に戻って静かに酒を頼んだ。

横で話を聞いていた伊東が黒田に話しかける。

「黒田さんはどうしてそういう部門にまで詳しいのですか」

「これでもリスクマネジメントのプロですから。最低限度の知識は持っています。ただ、先物取引というのは重要な定期取引、清算取引なのです。これが個人間だけでなく国家間でも行われることがあるわけで、国家としてはそこに注意しなければならないときもあるわけです」

「国家間の先物取引ですか」

聞きなれない言葉に伊東は興味を示したようだった。

「例えば、先ほど言った地球温暖化問題に関してですが、排出権取引というものがあるのです」

「何ですかそれは」

「温室効果ガスの排出量を抑えるため、企業や国が目標以上の二酸化炭素排出量の削減に成功した場合や目標を達成できなかった場合に、その余った分や不足分を取引することです」

「それが取引になるのですか」

「実はこの取引はビジネスとしても成り立つのです。企業や政府、双方に経済効果、環境効果が生まれますからね」

「今一つ理解しがたいのですが」

「複数の国が協力して排出削減目標を達成するために設けられた仕組みの一つで、途上国の中でも、温暖化に伴う海面上昇が国家存亡の危機になる太平洋上の島国からなる小島嶼国連合《しょうとうしょこく》は、排出レベルの二〇パーセント削減を主張する一方で、産油国は化石燃料使用の削減につながるような合意、対策を強く警戒するわけです」

「うんうん、続けて」

「そこに双方の利害を一致させるために先進国が間に入る。今後実施される温室効果ガス削減対策によって、将来的に発生するであろう排出権を対象とした取引に基づいた投資を行うためです」

伊東は低い声で唸った。

「なるほど。先進国にとっては二重の足枷《あしかせ》だ」

「そうですね。ただそうしなければ、積極的に工業化を進めようとしている途上国は先進国が勝手に設定した温室効果ガス削減義務が途上国の成長への足枷になると主張してきます」

「その途上国の中に、最大の自然破壊国家である中国が入っているわけですか」

黒田は酒を含んで頷いた。

「あの国は都合が悪くなると、経済大国から途上国にすり替わって弱者のふりをする」

「まともな話し相手ではありませんからね」

「途上国にしてみれば中国は自分たちの代弁者という立場になるのですが、裏では多くのアフリカ諸国のように中国からさんざん金をもらっていますから、言いなりになってしまうのです。中国の汚染は本国と周辺国には多大な迷惑を与えていますが、これまで欧米には直接の被害がなかったのです。しかし、今回の北極海問題で事態は急変しつつあります。中国も環境問題に本腰を入れなければならなくなった。しかし、それを自浄努力だけで解決するのは極めて困難であることを中国共産党幹部は皆知っているのです」

「中国はどうするつもりなのですか」

「そこにまたいつものように共産主義らしい発想が出てきて、『文句があるのなら先進国の力で改善してみろ』という主張、もしくは『技術をよこせば改善してやる』という資本主義から技術を奪うことに専念してくるのです」

「なるほどね。実にあの国らしい。最近中国から日本に来ている旅行者の多くは親日になっていると聞いていますが、その点はどうなんですか」

「それは間違いないと思います。水道の水は飲めるし、空は青い。澄んだ川に魚が泳ぎ、土から抜いたばかりの野菜を水で洗うだけで食べて美味しいのですから、夢のような国でしょう。ただし、それを知っている中国人はまだ数十万人。十三億人の中の極めて僅かな人たちです。しかも、その数少ない人たちでさえ、歴史認識を問われると、途端に人間性が変わったかのように日本批判を繰り広げるのです」

「付き合いにくい国ですね」

「それが隣国、それも共産主義国家というものでしょう」

黒田は苦笑いして猪口を口に当てた。

そこに常連客の一人が近所の中国人パブの女の子を連れて店に入ってきた。

「おっ黒田さん、久しぶり」

「なんとかやっています。いいですね、相変わらず若い女性を連れて」

中国人女性が好みの常連客だった。ＩＴ企業勤務と聞いている。

「民間レベルの日中友好って感じで」

女性は微笑みながら二人のやりとりを聞いている。

彼女たちとて、決して好きで今の商売をしているわけではないだろう。いくら中国に数百万人の超富裕層がいようが、彼女たちには全く縁もない世界の話だろう。彼女たちの出身地は大連、青島、広州、福建省のような沿海部の都市近郊地域が多い。

これに対して中国には「農民工」と呼ばれる人たちが多数いる。農民工とは、中国において、農村から都市に出て働きながらも、農村に戸籍を持つ者をいう。中国国家統計局によると、農民工は二〇一五年に中国全国で約二億七千七百人おり、前年から比べて一パーセント以上増えている。広東省だけでも二千六百万人を超える農民工が流入して、その多くは四川省や重慶市の出身である。

彼らは職を得て都市に定住しても都市戸籍を得られるわけではない。このため農民工の多くは二級市民として差別され、貧困から抜け出せない生活を余儀なくされている。その影響を最も強く受けているのが農民工の子供たちである。彼らの多くは小学校時代から寄宿舎に入って勉強しているが、その中には経済的問題で公立の中学校に進学することができない子供も数多いのが実情なのだ。

中国の貧しい不満分子を巧みに裏ビジネスに取り込んでいくのが、中国マフィアだった。

「黒田さんは何でも知っているんですね。彼女にクレジットカードもたせたらヤバいですかね。ってか、もう渡しているんですけど」

「日中友好、日中友好」

黒田は久しぶりの和食を存分に愉しんでから店を後にした。今日は少し賑《にぎ》やかな席だったので、次回は平日の早めの時間を狙おうと思った。

*

新生情報室のメンバーが決まったという。早朝に副総監室に向かった。

「黒ちゃん、これがメンバー表と個人記録だ」

高石副総監から分厚い茶封筒を手渡される。角秘の書類だ。

「一種採用のこいつらの身柄は、黒ちゃんに預けたよ。彼らは十年後の県警本部長だ。情報の出し入れから使い方を叩きこんでやってほしい」

部下となるのは、警視庁でいえば広報課長か捜査二課長、警察庁でいえば大規模県の警務部長クラスとなる中堅キャリア組たちだった。

「主要課の理事官クラスをお預かりするのは、光栄というより荷が重い気がいたします」

「警部以上は経験者を入れている。かつて黒ちゃんが付けた勤務評定が大いに参考になったよ。さすが人を見る目もあるな」

黒田は適材適所をモットーに、大所帯を指揮することにやりがいを感じる。

「それはそうと、この一年近くの情報室の状況を知っているか？」

「先週、以前からよく知る部下と話しました」

「どう思った」

「情報関心の伝達が上手くいっていなかったのか、中途半端な報告が多かったように思います」

「黒ちゃんがトップにいた頃には、メンバーの各々が独自の視点で情報収集をしていたようだったんだが、この一、二年はどうもこぢんまりとしてしまった」

「トップが本格的な情報収集の現場を経験していなかったからでしょう」

「内調に警部補と警視で二回行っていたんだが」

「内調帰りで情報マンに育ったのは、この十年で一人だけだと公安部の担当官が言っていましたし、内調のプロパーの評価も同様でした」

「内調のプロパーは実際のところどうなんだ」

「プロパーは他省庁からの出向者とは時間的なスパンが全く違います。その中でも一流の情報マンに育った者はいますよ」

「黒ちゃんが一流と評価するのも珍しいな」

副総監が眉を上げた。

「一流の域に到達するのは、どの世界でも十年に一人くらいのものだと思います。内調プロパーの場合、内閣事務官という看板を背負っていますから周囲の目も違ってくるのです」

「期待が大きいということか」

「知っていて当然と思われるプレッシャーを楽しめるかどうかでしょうか」

ミスター公安はにやりと笑った。

「なかなかいいこと言うねえ」

「うちの一種採用の奴らには、地方、国、海外の経験をさせて、それぞれに目配りが出来なければ本来の警察行政官にはなれないということを知ってほしい。近頃、この意識を忘れた者が多いのも気にはなっている」

「そういう方は近視眼的に不祥事防止に躍起になって、肝心な基本姿勢を忘れてしまいがちです」

不祥事が起きた時にどう対処するかが組織としては最も重要だと思っている。

数日後、部下の面接を終えた黒田は中央合同庁舎二号館十六階のオフィスに初めて向かった。

オフィスは思った以上に広く、外廊下からドアを入った部分にはさらに内廊下が用意されていた。

真新しい新社屋のような部屋に清々《すがすが》しい気持ちになる。

内廊下には四つの扉がある。さらに一つの扉を開けて中に入ると東京高裁を望む明るい五〇平米はある部屋になっていた。室内は三つのパーティションで区切ることができるようになっている。卓上にはコンピューターがすでに搬入されており、今すぐにでも業務が遂行できる準備ができていた。ひととおり四つの部屋を見て回った。黒田には外務省側の一番端に十畳ほどの全面ガラス張りの個室が用意されていた。このガラスは瞬間調光ガラスでできており、スイッチのオン、オフで透明と不透明が切り替わる。外部からの視認防止が図れるようになっていた。

連日多忙を極めたが、黒田にとっては充実した時間だった。

週末、黒田の頭はATM不正引出し事件へと切り替わっていた。

先日栗原と検索したビッグデータを、改めて分析してみる。情報室が持つ分析ソフトは詳細かつ的確に反応した。

そして組対の捜査が行き詰っているのはなぜか。おそらくここだ、というポイントに黒田は勘付いていた。

「GPS位置情報偽装」

黒田は今後の犯罪捜査で最も大きな障害になるであろう、このソフトの存在をアメリカで知った。

GPSとは、人工衛星を利用して自分が地球上のどこにいるのかを正確に割り出すシステムである。元々は米軍の軍事技術の一つで、地球周回軌道に約三十基配置された人工衛星が発信する電波を利用し、受信機の緯度、経度、高度などを数センチメートルから数十メートルの誤差で割り出すことができる。

このGPS用人工衛星は米国防総省が管理するNAVSTAR衛星で、六つの軌道面に計二十四個以上が配置され、衛星寿命が短いため毎年のように新衛星を軌道に投入し、概ね三十個前後の衛星が常時運用されている。

このNAVSTAR衛星を使用すると、そのデータは米国防総省に集積される。つまり、GPSを使えばその位置情報データはアメリカ政府に蓄積されるのである。このためEU各国は共同で、GPSと同じく人工衛星を利用した位置測位システム「ガリレオ」の使用を推進しているのだ。ロシアは旧ソ連時代から「GLONASS」と呼ばれる同様のシステムを利用している。

ここにも、ある種の「利便性」と「セキュリティー」のせめぎ合いを黒田は見て取っていた。

欧州各国政府の危機感をよそに、民間企業はGPSを積極的に利用している。旅客機や船舶など、航行システムは今やGPSなくして成り立たない。さらには、カーナビゲーションシステムやスマートフォン、ゲームアプリにも広く使われている。

このゲームアプリ利用者が作成したのが、「GPS位置情報偽装アプリ」である。これは地域情報アプリの使い勝手を試すためにわざわざ出掛け、ゲームのイベントをコンプリートするために遠くまで出向くのを避けて、自宅に居ながらにして地域情報アプリを試し、ゲームの地域限定イベントをコンプリートする目的だった。まさにゲームの成果を上げる不正目的のためのソフトだった。これで位置を偽装したい時はいつでも使用でき、しかも好きな場所に自分の所在地をチェックインすることが出来る。

このような便利なソフトを犯罪者が見落とすはずがない。すでにサイバー犯罪者はソーシャルメディア詐欺の手口を編み出し、コンピューターウィルスソフトを仕込んだアプリを個人端末に植え付けようと企んでいるのだ。

現在、スマートフォンに搭載されたＧＰＳ機能は、被害者の所在地や犯人の逃走場所を特定できるため、捜査では非常に役立っている。しかし、「ＧＰＳ位置情報偽装アプリ」が用いられた場合、捜査機関のＧＰＳ利用捜査は全て空振りになってしまう。

黒田は今回のＡＴＭ不正引出し事件の出し子の一人が、この位置情報偽装を行っていることを突き止めていた。

スマートフォンのＧＰＳ機能が信用できないとなると、携帯端末を手掛かりとした捜査は一気に十五年前に遡ることになる。携帯端末本体が放つ微弱電波を通信会社の基地局で拾う作業をしなければならない。

過去のデータを調べている時、黒田の iPhone からメロディーが流れた。栗原からだった。

「室長。今、デスクで捜査管理システムの自分のフォルダを開いたらアクセス中でしたので、室長がどこかで仕事をされているのだろうと思って電話しました」

「休みの日は休むのが仕事だぞ」

黒田が部下によく言っていたことのひとつだ。

「すみません。今手掛けている案件を早めに切り上げてしまいたくて」

「今はまだ旧情報室の跡地にいるのか」

「そうです。この部屋もゆうべのうちにほとんど空っぽになっていて、デスクが二つとパソコンが二台残っているだけです」

「引っ越しの件は伝わっていただろう」

「個人の荷物は指定された移動用のロッカーに移しておきましたが、まさか、夜中のうちに何もかもなくなっているとは思っていませんでした。確かに、ゆうべの総合当直が休みになって、午後八時以降の入室が禁じられていることは知っていましたが」

栗原は落ち着かない様子だ。

「新たな引っ越し先は火曜日の発足式後に伝えることになる」

警察の辞令は厳密である。部屋がどこに移動となるのかさえ、漏らさないのが鉄則である。

「室長もまだ仮デスクですか」

「前に来てもらった警察庁の官房総務課にある会議室にいる」

「またお邪魔してもいいですか」

「ちょうどよかった。伝えておきたいことがあるから今から来てくれよ」

しばらくすると栗原は仮の仕事場となっている会議室にやってきた。

「物置に近い感じですね」

段ボールの山を横目に栗原が言った。

「合同庁舎というのはスペースが限られるからな。物理的に増やすスペースがないのが辛いところなんだろう」

「空きフロアを作っておくという発想は出てこないでしょうからね」

「いや、そうでもないんだけど」

各省庁との境のフロアはだいたい半分は空けてあるものだ。

「この中央合同庁舎二号館でも地上二十一階、地下四階なんだが、総務省、国土交通省、警察庁の三省庁で使っている。みな別棟を持っているだろう。特に国交省はこちらが別館だけどな」

そして本題に入った。

「今日は栗原にGPS位置偽装について教えてやろうと思って。実際に見せてあげるよ」

まずスマートフォンにアプリをインストールした後、端末設定の「アプリケーション」から「開発」で「擬似ロケーションを許可」を有効にしておき、Locationアプリで好きな位置を指定すると、GPSから取得される位置情報が指定した位置にすり替わる。

地図が表示された段階で偽の位置に指定したい場所に赤い丸を合わせて、画面上部の「Use this location」をタップする。

「Duration」には、偽の位置情報の有効期限を分単位で指定する。二つのチェックボックスのうち下のほうをオンにして、「Start spoofing」を押せば、偽装が開始される。

「これで完成だ。確認してみるぞ」

グーグルマップを開いた。

「おっ、室長の現在位置はエッフェル塔になっています」

栗原はスマートフォンを傾けたりかざしたりしながら眺めている。

「ところで栗原は『Pokémon Go』にはまっている口だろう」

「いや、あまり熱中しすぎないよう、ほどほどに遊んでいますが……」

栗原は照れるように言った。

「警視庁にもポケモンが出没したそうじゃないか」

「そうなんですよ」

笑いながら栗原は言った。

「そんなことを許すとピーポ君が怒るぞ。まあ、それで『Pokémon Go』には『PokéVision』というソフトがある」

「どこに行けばどんなポケモンが出てくるかが分かるソフトですよね。なんだ、室長もやっているんじゃないですか」

実態調査のつもりで何匹か捕まえたまでだ。

「狙ったポケモンがいるところに、自分の現在地を偽装してやれば、実際にその場に行かなくても目的のポケモンをゲットできるなんて便利だろう」

「それでは面白くも何ともないじゃないですか」

単なるインチキだと栗原は言った。

「レアものを捕獲したくて四六時中アプリを開いている奴らにとっては、欲しい機能かもしれないよ」

「まあそうですね」

「話を本題に移すと、今回のATM不正引出し事件にかかわった反社会的勢力のメンバーの一人が、実際にGPS位置情報偽装アプリを自分の携帯電話にダウンロードしていることがわかったんだ」

「そうなんですか」

「その裏付けがこれだ」

黒田は組対部の捜査資料から、この反社会的勢力構成員の犯行当日のNシステム画像と当日の携帯電話位置情報を地図に落として栗原に示した。

「全く違いますね。この資料だけみたら、どちらが正しいのか立証が困難ですね」

「本人の携帯電話のハードディスクを解析して実際にGPS位置情報偽装アプリがダウンロードされた事実があるかを確認しなければならないが、仮にダウンロードされた事実があったとしても、それがこの時実際に運用されていたかを立証しなければならない」

「それは」

「無理だな。GPS位置情報偽装の結果が携帯電話の通信会社に記録として残っていれば、その部分だけ証拠を否定することはできない」

栗原は唸って腕組みをした。

「我々にとっても、とんでもないソフトを考えてくれたものですね」

「これがもし世界規模で広がってしまったら面倒だ」

国際捜査はほとんど不可能になってくる。

「そうなると、捜査をどうやればいいのでしょう」

栗原が失望したような顔つきになった。

「昔ながらに微弱電波を捕まえるか、衛星写真だな」

「なるほど」

Nシステムなどの写真活用と同じ手法である。

「ただ、捜査費用が膨大になることは間違いない。その間にあらたなソフトが開発されることを願うしかないな」

「新たなソフトというと」

「GPS位置情報偽装を作った奴は確かに優秀なんだろうが、ウィルスソフトと同じで、構造さえわかれば、これに対抗するソフトを作るのはそんなに難しくない」

早く対策を講じなければいけない案件である。今のところ位置偽装アプリを使った犯罪は、ソーシャルメディア詐欺くらいだが早晩大きな犯罪に使われる気がしていた。

「大きな事件と言うと」

「テロだよ。テロの指令をあえてGPS位置情報偽装アプリを使用したスマホから発信しておくと、情報機関や捜査機関はまずそのスマホの位置を追いかけることになるが」

捜査関係者が現場に到達して、ようやくそれがGPS位置情報偽装アプリによるものだと判明した時には、指令者は全く違う所にいるか、姿をくらましているということになる。爆破予告などの偽装も増えるだろう。

「本当に捜査機関が振り回されることになりますね」

「そういう事件が起こる前に手を打つ必要があるんだ」

黒田はパソコンを操作しながら栗原に言うと、新たな画面を開いた。

「栗原、これが何だかわかるか」

「以前外事二課で摘発した時の地下銀行の金銭出し入れ簿のようですね」

「そう。これと全く同じ形式のデータがこれだ」

黒田がもう一つの画面を並列に示した。

「これは……」

「複数の拠点に集められた現金は、その日のうちに地下銀行から海外へ送金されたということだな」

行き先は中国だろう。

「この地下銀行の口座をどうやって見つけたのですか」

「中国マフィアの存在を疑ってかかったからだ」

今回捕まった連中のバックグラウンドを調べて行くうちに、かつて公安部が捜査した事件との関連性が見えてきたのだった。

「コンビニATM事件そのものを主導したのも、やはり中国マフィアの連中なのでしょうか」

「二百人以上もの出し子を十七都府県で一斉に使うことができる組織は限られている。この手口を日本の反社会的勢力が中国マフィアに教えたと考えた方がいいだろうな」

主犯格はとうに日本国外へ脱出しているだろう。

「すると日本の反社会的勢力が主導したと。室長には主犯格の姿がすでに見えているのですか？」

「今、入管に出国者の確認をしているところだ」

「はやっ……」

栗原が黒田の顔をまじまじと眺めた。

「新体制の初仕事に、もう目途が付いているのですね」

「いや、まだスタート段階に過ぎないし、多くを検証していかなければならない。ただ、今回の犯人はあまりに多くの頭の悪い連中を使ってしまった」

指示命令の手口が容易にわかってしまった点が捜査する側から見れば救いだった。

「それは出し子の連中のことですね」

「それと運搬要員だ」

コンビニのＡＴＭを使うということはコンビニに設置されている多くの防犯カメラに姿が映っているということである。使用した車両も同様に映っている。これを周辺の防犯カメラ、さらにはＮシステム等とつなぎ合わせれば運転者、同乗者の顔も、通過コースも全て明らかになる。

そんな分かりきったことを、どうしてやらせたのだろうか。

「奴らの狙いはなんだったのでしょうか」

「まだはっきりは見えないな」

中国マフィアの実態を調べてみなければわからないが、たった一八億円の金を得るためにしては派手すぎるように感じていた。

「中国もクレジットカード社会になりつつありますからね」

「とくに若い世代はカードのキャッシングをよく使う」

「ですか」

中国銀聯《ぎんれい》カードは世界一発行枚数が多いクレジットカードと言われている。発行枚数は四十五億枚を超えているらしい。このカードは銀行のキャッシュカードを兼ねたデビットカードで、中国国内の銀行に口座を作れば自動的に発行される。中国人にとっては、本来クレジットカードを持つことができない低信用の者でもこれを手にすることができる。

「銀聯カードは日本のATMから現金を引き出せるのですか」

「一部のATMだけだが可能だ。今回被害にあったフレンドマートのATMでは、限度額が原則二〇万円なんだ」

銀聯カードの暗証番号は六桁だから、銀聯カードによるキャッシングの場合には、世界のほとんどのクレジットカードが四桁で動作が止まるのに、ATMが銀聯カードを認識すると六桁を打ち込むまで画面が変わらない。

「ＡＴＭマシーンも銀聯カードの使用を意識した作りになっているわけですか」

今や世界中の先進国が、中国マネーを呼び込もうとしているのかもしれない。

「世界中で銀聯カードで金が引き出されているということですか」

黒田は頷いた。

「今後、中国国内でＡＴＭ不正引出しの犯罪が起こる可能性もありそうですが」

「銀聯カードを発行しているのは中国の銀行だろう？　銀聯カードを使って不正な引き出しをするということは」

栗原がその後を引き取った。

「カードを発行した中国の銀行が損します」

その通り、と黒田は再び頷く。

「今、中国の超富裕層以外の多くは、国家に対して強い反発を覚えているんだよ。中でも党幹部や高級官僚の姻戚でない者は、どんなに努力をしても超富裕層の仲間入りをすることはできない。そこで彼らは農民工などを利用して銀行から金を奪うことを考えるんだ」

「もしこれが爆発的に発生したら、まるで経済における同時多発テロのようなものですね」

「その可能性を僕は今回の事件で心配しているんだ」

栗原は黒田の相変わらずの読みの深さに感心するばかりだった。

「今、もし中国で今回のようなATM不正引出し事件が発生した場合、どのようなことが起こると思われますか」

中国人民元の暴落に始まり、銀聯カードの使用停止が起こるだろう。

「銀聯カードの所有者は銀行口座の残高に関係なくカードを使用できるのですか」

「当該カードの使用停止措置が取られない限り、クレジットカードとしては限度額まで使用することができるな」

「いくらATMを管理する銀行に損害が及ばないとはいえ、カードの発行銀行にとっては戦々恐々なのではないのですか」

中国には、中国人民銀行の他に中国農業銀行、中国建設銀行、中国銀行、中国工商銀行の四大国有銀行がある。そしてこの四大銀行で中国全体の資産の八割を集めている。

「一般国民からすれば、どうせ損をするのは国家でしかないというところだろう」

「国家イコール共産党幹部、という図式なのでしょう」

憎しみが極限まで達したときに何が起きるのか。

「それにさらに火を付けたのがパナマ文書の影響だ。今回のパナマ文書が出てきて、習近平の名前が取りざたされたことが大きな問題になりつつある」

「世界各国の首脳や富裕層の隠れた資産運用を明らかにしたいわゆる『パナマ文書』の問題ですね」

パナマ文書の中には、各国の首脳やその親族との関わりも指摘しており中国では習近平国家主席の姉の夫をはじめ、中国共産党で序列五位の劉雲山政治局常務委員の親族、それに序列七位の張高麗副首相の親族が、それぞれイギリス領バージン諸島の法人の株主になっていた旨の報告がある。

「中国政府は露骨な報道統制も行っている」

中国本土では、NHKによる海外向けのテレビ放送「ワールド プレミアム」で世界各国の首脳や富裕層の隠れた資産運用を明らかにした「パナマ文書」の問題について、中国共産党の新旧の最高指導部の親族が、タックスヘイブンに法人を設立していたことが明らかになっていることなどを伝えた際、画面が真っ黒になり映像や音声が中断された。さらに中国当局がこの問題について厳しい情報統制をしていると伝えた時も放送が中断されている。

「中国当局は国内の報道だけでなく、海外メディアの報道についても神経をとがらせている様子で、すぐにインターネットの閲覧をできなくしたようですが」

「中国国内ではね」

ただ、最近の標準的な富裕層の多くは子弟を海外に留学させているから、ネット情報を国内でいくら消しても、知ることができる者は確実に増えていた。

「情報の逆輸入は容易になりましたから」

「それを共産党幹部は一番恐れていると言って過言ではないな。おまけに愛人にはアメリカで子供を産ませているわけだから、その連中もまた賄賂社会の裏側を知り尽くしている」

「アメリカに愛人を置いている幹部はいつでも本国脱出ができるように準備しているわけですね」

「アメリカ国籍を持った子供の父親として居住権を獲得できるからな。そのための金も徐々に持ち出して周到に準備を進めているんだ」

「もし、中国国内で暴動と言うか、反政府活動が起こるとすればいつ頃なのでしょうか」

「それは何とも言えない。中国政府だって指をくわえて待っているわけではない。

兆《きざ》しを見つけた段階で徹底的に潰していくだろうし、脱出を企てている幹部連中はトップを目指しているわけじゃないから、適当な時期に金を押さえてしまえばいいだけだ」

「なるほど。不正蓄財による財産の没収ということですね」

「そのために多くの公安要員をキツネ狩りと称して海外に送っているんだ」

キツネ狩りとは、海外に逃亡した汚職官僚を追跡する作戦のことで、二〇一三年に開始され、既に四百人を超える汚職官史が拘束されている。

中国人民銀行によると、一九九〇年代半ばから国外に逃亡した官僚や国有企業の職員は一万六千人を超え、持ちだした金額は一五兆二〇〇〇億円にもなるという。

中国政府は、フランス、オーストラリア、カナダなどの主な逃亡先相手国に、回収資産の一部を与えることを条件に、横領資産の回収で協力を得ている。二〇一五年一月、国家公安部は二〇一四年後半の「キツネ狩り戦果」として、全世界六十九の地点から、六百八十九人のキツネを逮捕したと発表した。その際、十年間以上の外逃生活を続けていたものが百十七人いたことを明らかにしている。

「行き場を失った汚職官僚は今後どうなるのでしょう」

「粛清されていくのだろう」

「お得意のやつですか」

「そうやって政敵を潰していく権力闘争こそが中国共産党の本来の姿だからな」

「習近平はこの状況をどうやってすり抜けていくつもりなのでしょうか」

「外交面では強気一辺倒でいくしかないだろう。特に中国の南シナ海での主権を否定する国際仲裁裁判所判決について、東南アジア諸国連合（ＡＳＥＡＮ）外相会議でも必死の外交工作を進めて逃げ切った感がある」

当事者間で交渉すると言う逃げ口上である。外交が軍を押さえることができない。まさに軍事政権に近づいているのが、現在の中国政権の姿である。ただし、人民解放軍の陸軍はサイドビジネスをしなければ高級官僚並みの生活ができないことから、現政権への不満が募っているのだ。

「いよいよクーデターですか」

その時、日本のシーレーンを守ることができるかどうかが我々の問題である。

「百万隻以上の船が押し寄せていたら」

「ただ、今、軍の連中に引率された漁民たちが尖閣諸島の排他的経済水域に侵攻している。これは彼らを沈める大義名分ができる可能性が芽生えたともいえる」

「じっと我慢の時期ということですか」

それが外交というものだ。

「中東の難民がヨーロッパを目指しているのと同じだが、日本は国家の安全保持と、過去の対日有害活動の実行行為関係者として、これを拒絶もしくは攻撃することも可能となってくる」

「その時、世界中の反発は受けないのですか」

中国の南シナ海や東シナ海への侵攻に何も言えなかったヨーロッパやＡＳＥＡＮ諸国には何も発言する権利はないと黒田は思っていた。

「制裁をするにしても実効的なことは何もできないだろうね」

黒田が肩をすくめたのを見て、栗原はなぜか納得したように頷いた。

「室長はこの三年間で凄みが増したように感じます。今室長にオーラが見えました」

黒田は一笑に付した。

「何言っているんだ。オーラなんて出すようでは、情報マンどころか公安マンとして落第だろう」

自分の存在を主張してしまってはこの仕事は務まらないと思っている。そして黒田にしては珍しく語気を強めた。

「栗原、この三年間を思い出してみろ。僕が凄みを増したのではなくて、お前たちが薄っぺらになっていたのではないのか」

栗原は唇をかみしめるようにして黙った。

「察庁がどうして今回のような思い切った人事をやったと思うんだ」

黒田は諭すように言った。

「室長の不在時、我々が不甲斐なかったからでしょうか」

「確かにそれもあるだろう。この三年間、情報室だけでどれだけの事件を摘発したのか考えてみれば明らかだろう」

「情報室は情報を入手分析するだけで、捜査活動や直接の逮捕行為を自粛する動きになってしまったのです。ですから情報室として事件を摘発したことはありません」

緊張した表情で栗原は下を向いた。

「今回、旧情報室から新組織への異動は半数以下だ。特に警部以上は栗原、増子《ましこ》を除いて庶務担当以外一人もいない」

つまり懲罰人事の類いではなく、完全なる組織改編を意味していた。

「完全なる組織改編とおっしゃいましたが、キャリアの大量投入は何を意味しているのですか」

「警察庁は最終的に全国の大規模道府県にも情報室を創りたいようだ」

「それは公安だけで済む話じゃないのですか」

「そこに情報室の独自性があったからだ。海外の諜報機関と連絡を取り合いながら、日本国内だけでなく、世界の敵とも戦うことができるのが情報室だったはずだ」

「確かにそうでした」

栗原は頭を垂れた。

「今回一緒に仕事をする警視正十二人は全員が在外公館で一等書記官を経験してきた者ばかりだ。しかも単なる事務方の書記官ではなく、限りなくエージェント的な活動を自主的に体験してきている。過去に情報室で臓器移植やサイバーテロの捜査に携わった者ならばそれなりの経験を積んでいるから、彼らを相手にして、そう引けは取らないだろう」

「あの時は世界中を飛び回りましたからね」

栗原が懐かしんで言った。

「新組織の仕事は当面国内だけの事犯は原則として扱わない。ただし、行政に影響を及ぼすような事案に関しては、その重大性を勘案して着手するかどうかを決める」

＊

週明け、警視庁本部三階にある教養課教場に藤森警視総監以下百人以上が集合して新情報室の設立式が行われた。

警視総監は短い訓示を行った。

その言葉の中に「今後の国家の命運を賭けた組織となる」というフレーズが織り込まれていた。出席者全員が身の引き締まる思いがしたことだろう。

その後、黒田は部下にあたるキャリア警視正たちを前に意気込みを語り、最後にこう締めくくった。

「こういう優れたメンバーを選んでくれた警察庁人事課長をはじめ、人事にご尽力いただいた方々に深く感謝しています。そして皆さんには心から敬意を表したいと思います」

第二章　捜査陣

「警視庁組対部の捜査情報を勝手に使ってもよいのですか」

「捜査資料を閲覧したのはあくまでも警視総監であって、その職務権限に基づいて我々も資料を見たんですよ。僕が盗んだわけではありません」

黒田が苦笑しながら答えると、猪原誠人《いのはらまさと》警視正は頷いた。

「そうですよね。無駄な二重捜査をしている時間なんてありませんよね」

まだ三十代半ばであるキャリアは笑った。

「うちが初めから調べても一週間もあれば解明できたでしょうが、その一週間も余計な時間でしょう。さらにビッグデータの上乗せがありますから」

年下とはいえ、黒田は丁寧な口調を崩さなかった。

「ところで、今回のATM不正引出し事件に関する情報のうち、地下銀行の件ですが、この情報はどのような手段によるものなのですか」

この情報は黒田自身が自ら本件捜査に関する情報収集を行ううち、過去の捜査の中からピックアップしていた協力者によってもたらされたものだった。

「うちの捜査の特徴としてこれは覚えておいてください。必ず相手方にも逃げ道を与えることです」

情報室が行う捜査では継続的な情報ルートが不可欠だからである。案《あん》の定猪原《じょう》は驚いたようだった。

「あえて逃がすということですか」

「反社会的勢力の捜査や外国人による有害活動はきりがない。一ヵ所を潰しても必ずまた違う組織が、似たような手口で悪事を犯す」

「モグラたたきと同じですね」

「その通り。そこで僕は経験則に基づき、反社会勢力のナンバー3を、その側近とともに逃がしてやることが多い」

「側近？」

聞いたことのない話に若い警視正は好奇心をかきたてられているようだ。

「どんな組織でもナンバー3というのは重要な役割を担う場合が大きいんです」

組織経営や金の管理を任される場合が多いからである。

「それは奴らに貸しを作る、ということですか」

「貸しではなく、適度に天下を取らせてやるんですよ」

様子を見ながら調子づいているようなら適度に叩く。対立抗争になれば相手方とのバランスを見ながらうまく叩いていく。

「短期スパンではできない話ですね」

「協力者の運営と同じですよ」

「なるほど」

「じっくりと時間をかけて調べ上げ、引き込んでやるのです。一度協力者になった者は死ぬまで使う。無駄死にはさせません」

黒田は冷たく言った。

「よくチヨダも『協力者の引き継ぎ』などと簡単にいいますが、そんなに生易しいものではないし、引き継がれる捜査員によほどの度量と力量がなければ」

不可能なのである。猪原は黙って頷くだけだ。

「情報マンが協力者を作るのは、ある意味命懸けなのです。そして協力者もまた同様です。ただ、そこに不思議なタッグがうまれる。お互いに理解し合えたタイミングで先手を打つのが情報マンなのです。ギリギリのところでのせめぎ合いですから、もちろん失敗もあります。ただ、その時でさえお互いのことはわかり合っている。相手方でさえ、泣く泣く引き下がるのです。そういう相手が突然、組織の都合で変われば、向こうだって呪縛から解放されるのです」

「呪縛からの解放ですか。重い言葉ですね」

「ですから情報マンとか作業マンと呼ばれる立場の者の多くは職人的な立場になりやすく、警察官のある種のステータスである階級に興味を持たなくなってしまうのです」

「キャリアは年次で黙っていても警視長まではなりますが、現場の人はそうではありませんからね。その点でいうと黒田室長は稀有な存在……」

猪原は黒田の人物像に興味を持ち始めたようだ。

「情報を得るために重要なのは確かに『人』ではあります。しかし、特に民間の立場が高い方や、霞が関の官僚はどうしても階級を訊ねてきますからね。最低でも警部にはなっておこうと思った」

出世などに興味はないという者は組織の中では伸びないと思っている。

「ところで基本的な話ですが、今回の地下銀行は一体どのように運営して、送金しているのですか」

イギリスにある日本大使館帰りのエリートの弱点はこの辺りにありそうだった。

「地下銀行というのは、銀行法等に基づく免許を持たず、不正に海外に送金する業者のことです。不法滞在の外国人や犯罪組織の者が不法就労や犯罪で入手した資金を母国に送金するのに利用されています」

「為替取引は正規の銀行にしか認められていませんよね。しかし、正規の銀行よりも手数料が安くて、迅速かつ休日夜間でも現金の送金を行ってくれるそうですが、どうしてそんなことができるのか」

「猪原さんはコルレス契約をご存知でしょう。あれと全く同じ手法ですよ」

「金融機関同士の相殺方式ですか」

地下銀行の送金と言うのは、受け取ったお金を個別に送金して渡す方法ではなく、電話等で現地組織に連絡を取り、現地にプールさせていた資金を振り込むという方法がとられる。

「これだと手数料も一パーセント程度で、為替差益を手数料として扱う場合もあるのです」

「日本の大手銀行では、海外送金の手数料が最低でも五〇〇〇円程度かかりますからね」

「それに時間も短縮される」

不法滞在者だけでなく正規の出稼ぎ来日者も頻繁に使っている。

「地下銀行の場合、日本でやっているのは中国マフィアですよね。中国本国も同じ組織なのですか」

中国国内にも都市部と農村部を繋ぐ同様の組織がある。

「全てが中国マフィアというわけではありません。ただ、中国本国の地下銀行は、送金業務に特化した日本の地下銀行と違い、高利貸しなど貸金業務で利益を上げています」

猪原は黒田の説明をまるで講義を聞くように頷きながら聞いている。

「猪原さんは中国に行かれたことはありますか」

「いえ、仕事ではアメリカとイギリスにしか」

「途上国はいかがですか」

「旅行でも特に行きたいと思えないんです。国も人も信用できなくて」

しかし、今日の犯罪の多くは途上国経由である。今後のためにも一度は見ておく必要があると黒田は言った。

「日本大使館勤務中に現地のエージェントからも同じことを言われました」

猪原はそう言って、世界をもっと見てみたいと言った。

「この案件が終わったら、すぐにでも行ってもらいましょう」

「室長、小柳《こやなぎ》班長が報告にいらっしゃっています」

続けて精悍な顔つきの部下がやってきた。キャリア警視正の小柳大成《たいせい》は在ロシア日本大使館一等書記官から戻った、次世代を担うエージェントの候補生だ。

小柳班には香港にある地下銀行の捜査を行わせていた。

「例の地下銀行ですが『地下銀行のトライアングル』と呼ばれているマカオと香港、そして対岸の広東省を結ぶ三角形の中にあります。賄賂などによって手にした金でマネーロンダリングを行っています。一昨年、中国の国有銀行副頭取が収賄容疑で検察当局に送致されていますが、こいつの一族が裏でやっていたのが、この地下銀行だったようです」

「その副頭取の後釜は誰ですか」

「これがまたマカオのカジノのオーナーになっているのですが、副頭取の義理の弟で、副頭取が賭博で巨額の借金を抱えていたとされるカジノなのです」

負債を背負ったことにしておいて、その反面、資金洗浄に関わっていた可能性もある。ここ数年、カジノをめぐる黒い疑惑が後を絶たないと言われている。

「その副頭取の出身派閥はどこだ」

「共青団派ですね」

習近平指導部の発足後ただちに、王岐山《おうきざん》が腐敗官僚の摘発を指揮した。汚職の嫌疑により摘発された官僚の大半は共青団派だった。

元国家主席の江沢民《こうたくみん》を中心とする太子党派と、前国家主席の胡錦濤《こきんとう》を中心とする共青団派。現在の中国共産党の二大派閥である。

太子党は、中国共産党の高級幹部の子弟等で特権的地位にいる者たちのことである。彼らは世襲的に受け継いだ特権と人脈を基にして、中国、あるいは華僑社会の政財界に大きな影響力を持っている。

共青団は、中国共産主義青年団の略称で中国共産党による指導のもと十四歳から二十八歳の若手エリート団員を擁する青年組織のことだ。

「胡錦濤が太子党の薄熙来《はくきらい》を潰しました。その報復を習近平が行っている、というところなのでしょう」

黒田が見解を述べると小柳は頷く。

「現在の執行部七人のうち、共青団は李克強《りこつきょう》しか残っていません。習近平は恐ろしいですね」

「露骨な権力闘争を繰り返しているんだよ」

それが中国共産党の実態である。

「マカオで落とした金が地下銀行のマネーロンダリングに使われると知れ渡ったら、海外からの観光客は寄り付かなくなると思います」

小柳は言った。

マカオは一日で十億元以上の取引がある。カジノで支払われた多くの金が中国のブラックマーケットに流れ込み悪事に利用されているが、まともに取り締まられることはない。マカオに近い香港に建つ中国系銀行も不正にまみれていると言われる。

「中国は観光立国を目指しているのだろうに」

「昨年、中国を訪れた観光客数はトップのフランス、そしてアメリカ、スペインに次いで第四位で、この傾向はこの五年以上変わっていません。今でも日本の二・五倍以上観光客が訪れているのです。統計では香港を別枠にしていますが、香港を中国に加えるとフランスに迫る数です」

ユネスコの世界遺産に登録されている中国国内の文化、自然、複合遺産は五十もあり、これはイタリアに次ぐ多さだ。

「日本は海外からの観光客が増えたといってもその程度なのか」

「香港、マレーシアにも引き離されて、アジアでの人気は六番目ですね。魅力が乏しいのでしょうか」

他国に大きく水をあけられている理由が黒田には分かるような気がした。

「本物の富裕層がゆっくりくつろぐことができる場所がない。京都だけでは人は呼べませんし、何よりもハイレベルの宿泊施設が圧倒的に足りないんです」

黒田の言葉に小柳は頷きながら訊ねた。

「中国はやはり脅威ですね」

「歴史の重みとスケールの大きさ、そして変化ある地理的条件が揃っています。文化と自然遺産だけでも一度は見る価値があるものばかりですからね」

「室長、マレーシアに観光客が訪れる理由はなんでしょう」

「あそこは魅力ある国ですよ。ペトロナスツインタワーがそびえる大都市クアラルンプールは実に美しい街です。ランカウイ島などのビーチリゾートでくつろぎ、ボルネオ島のジャングルに癒やされ、世界遺産マラッカとジョージタウンでは歴史に触れることもできる」

「イースタン＆オリエンタル・エクスプレスも人気がある乗り物ですね」

「それに引き替え、日本の鉄道は楽しみが乏しいよ。寝台特急が消えていくのは、鉄道好きの僕としては悲しいね」

「電車の旅はいいものだと思います。日本人は急いで現地に行くことばかり考えがちですが」

それが日本の高速鉄道が世界に受け入れられない理由の一つになっている。「高速鉄道でもトンネルを通過してばかりではつまらない。リニアモーターカーも技術は素晴らしくても、リピーターはいないでしょうね。旅の楽しみ方を知らない日本の役人が、長距離鉄道の経営なんてできませんよ」

黒田は新幹線の旅が好きだった。新幹線が動き出すとともに缶ビールを開ける、あの快感がたまらない。

「ただ働いていると、ゆっくり旅をするなんて贅沢なことは私にはいつまでもできそうにありません」

「僕は部下にはいつも厳しく言うんだ。休めないやつは仕事ができないやつだってね」

それから地下銀行の話に戻し、日本国内の中国マフィアの現状について小柳に説明を求めた。

「まず上海グループと呼ばれる犯罪組織は、新宿歌舞伎町や大阪のミナミを中心とする繁華街を拠点にしています。複数都道府県警察の合同捜査によって扱った事件では、地縁者や血縁者など百人を超える関係者がいることが分かっています」

「上海グループの組織構成は？」

「ピラミッド型です」

首領の下、数名の配下を抱え、更にその下に配下がいるという組織構造が多く、上位者が傘下のグループから上納金を得ているということだ。

「ただ最近は、福建省グループとの抗争によって勢力は落ちてきています」

「やはり福建省グループが力をつけてきているのですか」

「彼らの中心人物は中国本土の犯罪組織の関係者です。ほとんどのグループ構成員は単独行動をする傾向にあり、福建グループ同士の対立を避けるために活動地域のすみ分けを行っています」

偽造旅券の使用など、国外追放を受けた者が再来日して、日本に留まるケースが多いと黒田は聞いたことがあった。

「中国マフィアの日本におけるカウンターパートといえば？」

「やはり福比呂組です」

「よく勉強している」

小柳は中国マフィアの実情をよく摑んでいた。他に付け加えることはないかと尋ねると、小柳はにやりと笑った。

「じつは、ちょっと面白いことに気付いたのです」

黒田は頷いて報告を促した。

「歌舞伎町の上海グループが牛耳る地下銀行ですが、ここが新宿と池袋を中心に闇のサラ金業を行っています。その実質的トップの趙《ちょう》がフレンドマートのATMから不正に金が引き出された当日、東京駅構内に七時間も潜伏していたんです」

さらに二十人もの福比呂組の構成員と会って指示を出していたというのだ。捜査を進める上で有力な情報である。

「指示の内容で取れているものはありますか」

自信に満ちた表情で小柳が首を縦に振った。

「三件の顔が映っている画像で読唇術解析を行いました」

趙が、現金を八重洲地下駐車場に停めてある車両に運ぶように指示していたことが分かった。

「車両の特定は」

「ばっちりできました」

それらは新日本特殊警備保障が保有する現金輸送車だったというのである。黒田の目が光った。新日本特殊警備保障は、警察キャリアOBである堀田総一郎が社長を務める大手警備会社で、たくさんの警察OBが世話になっている警備会社だった。

「その金はどこに運ばれたんだ」

「地下駐車場から真っ直ぐ、西新宿にある新日本警備保障の本社駐車場に入りました」

「さらに面白いのは、あの『財布男』が絡んでいるらしいんです」

「財布男」とは、政界や電力業界などに幅広い人脈を持つフィクサー、岩見《いわみ》雁一《がんいち》のあだ名だ。数年前、この岩見が経営する会社数社が外国貿易法違反の疑いで捜索されていた。

「どんな絡み方をしていたんですか」

「以前岩見の関係先を洗っていた東京地検特捜部は、あいつの裏金の行き着いた先のひとつが香港スカイ銀行だったことを突き止めました。今回、この香港スカイ銀行から地下銀行への金の流れを突き止めました」

「財布男が悪事を働いているのかもしれないな」

黒田は小柳班の捜査能力に感心した。

「岩見はどうやって成り上がっていったんだ」

「歌舞伎町や千葉県成田地区で土地の売買を繰り返していました」

いわゆる土地転がしである。

「売買を頻繁に行えば税金がかかるのではないですか」

「悪知恵が働く岩見は、休眠状態にあった宗教法人を買収しました」

「なるほど。宗教団体の名前は」

「東方イコン教。日本のキリスト教系新興団体です」

うまく課税を逃れ、結果的に巨額の利益を得たのだろう。

「また岩見雁一はある大物代議士と親しくしています」

「ああ、元警察官僚で親中派に寝返った鶴本宗夫《つるもとむねお》代議士だろう」

黒田もこの辺りの人脈にはよく通じていた。

「鶴本の後輩で警察庁生活安全局長だった白木《しろき》や、警察庁刑事局長だった大原《おおはら》も新日本特殊警備に再就職していました」

「警察の捜査情報を政治に利用した連中だな」

黒田は鶴本の政治生命は間もなく終わると踏んでいる。

「鶴本一派はパチンコとカジノを結び付けようとしたわけですが、カジノ構想も最近はちょっと下火ですね」

「オリンピック景気に乗る方が先というわけじゃないかな」

鶴本一派は新たな狩猟場を物色しているのだろうか。

「そこで犯罪に手を染めてしまったのかもしれません」

小柳の分析はなかなかのものである。

黒田の脳裏には、政界引退が見えてきた鶴本が、自分の後釜に警察官僚OBを据えようと今動いているかもしれない、という考えが浮上した。


黒田のデスクの上は珍しく散らかっていた。資料を整理しているところへ、フランス日本大使館から帰国したばかりの宮澤慶介《みやざわけいすけ》警視正が報告に現れた。

「パナマ文書に挙がった中国共産党関係者についてレポートいたします」

宮澤は商社マンが好むような洒落たウールのスーツを着ている。黒田は鮮やかなネクタイの柄に目をとめた。

「いい色のネクタイですね」

宮澤は照れ笑いを浮かべる。

「ありがとうございます。彼女からのプレゼントなんです」

そう言って胸元のネクタイをポンと叩いた。

「で、彼らはタックスヘイブンの利用だけでなく、海外の多くの銀行に不正蓄財をしていることが明らかになってきました」

「中国当局のキツネ狩りも盛んなんでしょう」

「キツネ狩りは権力闘争における相手方に対して行うものですが、最近では他派閥だけでなく、同派閥内で身内と思われていた相手に対しても行っているようです。自分の立場を脅かす人間はすべて切り捨てたいのでしょうか」

「権力闘争は究極的にはそこへ行き着きますからね」

続けて不正蓄財について説明を求めた。

「すでに明らかになっていることですが、米国の投資会社と中国の銀行が共同で発表した報告書によると、中国の一億元以上の資産家は四万人に達し、一〇〇〇万元以上の資産家は七十万人を超えています」

資産家の六割は投資移民制度を活用して、昨年あたりからオーストラリアを中心に子息を海外移住させているという。

投資移民制度はアメリカ、カナダ、ドイツ、シンガポール、香港などでもすでに導入されている制度である。一定額を投資する外国人には永住権が与えられる。

近年オーストラリアが人気を集める理由は、地方政府債や政府系ファンド、不動産など国内資産に五百万豪ドル（約四億七五〇〇万円）以上を投資し、四年間で百六十日以上国内に滞在すれば永住権が与えられるからだ。この制度を活用すれば英語力の証明も免除され、年齢制限もない。

「オーストラリア移民省は、年間最大七百人を認める目算だそうです。つまり、約三五億豪ドルがこれから毎年オーストラリア市場に流れ込むという目算のようです。その多くは中国マネーでしょう」

宮澤は続けて言った。

「オーストラリアはそもそも移民の国だったからね」

「いまだに白豪主義と呼ばれるオーストラリア独自の白人最優先主義と、それに基づく非白人への排除意識は多くの地域で残っています」

黒田も旅行中に苦い思いをさせられたことがあった。

「制度的差別は解消されているというが、今なお有色人種への心理的差別は残っていますね。年々増加するアジア系移民に対して白人たちは反感を持ち、様々ないやがらせをして社会問題化していると聞きますよ」

「日本が投資移民制度の導入を考える時期は来ると思いますか」

一部のアナリストは、この制度を日本も積極的に活用するべきと主張している。政策立案に関わる人物に対して、様々な機会を利用して熱心に申し入れをしているようだ。

しかしそんなアナリストの多くが、中国に留学経験があったり、中国の様々な機関から利益供与を受けた人物であることを黒田は見逃さない。彼らが「中国かぶれ」であることを、黒田は政策立案者にそっと伝えたこともあった。

「日本が難民の受け入れや移民に消極的であると非難する人たちは、外国人移民への拒否反応、差別意識があるからなどと言います」

「確かに先進国の中でも日本は、難民受け入れには積極的ではありません」

「しかし海外では、移民が政情不安を引き起こし、治安を悪化させてしまった事実があるわけです。深夜に薄着の女性が一人で歩ける都市なんて、世界中にいくつもありませんよ。さらに言えば、これを外国人住民に選挙権を与えるかどうかという議論と混同してはいけない」

「外国人参政権についてはどうお考えなんですか」

「国政を外国人に委ねる必要がどこにあるのかな」

宮澤は確かに、と頷いて中国マネーの話に戻った。

「ところで、中国で巨額のマネーロンダリングが行われていることの原因に、中国人富裕層の中国離れがあると考えています」

貧富の格差が広がる中で、富裕層は経済、政治ともに中国の不安定さを肌で感じているがゆえに、海外に財産を移そうとしているのだ。

「あとは腐りきった官僚の性根だろう」

中国では過去約十五年で政府幹部、国営企業幹部一万六千人以上が海外逃亡し、八〇〇〇億元（約一二兆円）を持ち出したとの報告がある。その中継地点はマカオだという。

「深刻な官僚の汚職が中国国民を不安にさせているのです」

「官僚が犯罪組織と手を組んで、というより僕には彼らそのものが犯罪者にしか見えませんよ」

これが黒田の持論だった。

「パナマ文書では中国共産党の親族がタックスヘイブンに法人を設立していたこと

が明らかになっています」

「習近平国家主席の姉の夫は、香港を通じて法人を作っていたようですね」

「はい。当該法人の活動実態は明らかになっておりませんが、姉の夫の名前を香港の登記簿で調べると、その娘が中心部にある高級マンションの一室をおよそ三億円で購入していたことが分かります」

「最高指導部の親族は、法人を手軽に設立できる香港を通じて資産を運用していたのではないかと、一般の富裕層からは言われているようですが、香港に拠点を置く民主化勢力からの情報は入っていませんか」

「香港を含めた中国の本土ではパナマ文書に関する当局による厳しい情報統制が敷かれています。下手に動いては証拠を隠滅される可能性が高いのです」

「香港の協力者から情報を取ってみましょう」

黒田はさりげなく言い、続けて政治分析の話を向けた。

「ところで宮澤班長は在フランス日本大使館勤務でしたね。フランスと中国の関係をどう見ていますか」

「オランド大統領は就任後二度の訪中を行っています。中国経済が堅固で力強いものと信じている様子です」

中国経済を比較的高い成長レベルと感じているようだ。

「中国側とイノベーションやグリーン発展の分野で協力する方針に変わりはありません」

中国の投資家についてはどう見ているのだろうか。

「中国の金を盲目的に受け入れようとしているイギリスの行動に対しては冷静です」

「なるほど」

「ただ、中国マネーがフランスにも多大な成長と活力をもたらすものと考えており、中国人のビザ手続きを簡略化しながら、学者や学生、観光客に対しても、企業家に対しても、いずれもより便利なビザサービスを提供しようとしています」

中国の「爆買い外交」に屈したということだろうか。

「二〇一三年の習近平の招待を受けたオランド初訪中の際には、各省庁長官や多くの財界人合計二百六十人ほどの大規模な代表団が随行しています」

エアバスの旅客機六十機の売約、核燃料再処理工場の建設に関する合意、武漢市に年間十五万台の自動車を生産する工場の共同建設などの爆買いで、フランス企業を驚かせた。

「この時、将来的に医療、金融、食品加工、環境保護などの領域においても、両国が積極的に協力していくことを表明したそうですね」

「中国にとっては後の方に魅力を感じているわけで、初期投資の成果とすれば中国としては上々の出来だったということでしょう」

「中国人によるフランスのワイナリー買収が百件を超えたことをよしとするかどうか」

宮澤班長が笑って続けた。

「ただ、フランスはドイツと中国の接近を気にかけていることは確かです。ドイツはロシアとも深いつながりを持とうとしていますし」

メルケルが東ドイツ出身ということで、プーチンや元首相の温家宝《おんかほう》とは極めて親密な関係を築いたのは確かだった。

「メルケル首相の訪中は二〇〇五年に就任以来九度、年に二度の時もありました」

「ヨーロッパが様々な観点から危機に見舞われる中で中国重視を強めているという向きもあるようですが、共に輸出大国であるドイツと中国の貿易と投資関係を促すためとみられています」

宮澤は有意義な海外勤務経験を積んで来たようだった。

「室長は、今回のパナマ文書で世界的に有名になってしまった南ドイツ新聞が『独中経済の共存には罠がある』と報じたのをご存知ですか」

「人民元の国際的地位向上を目指す中国は、ドルへの対抗策としてユーロの存続を望んでいます。その思惑がドイツと一致するから、独中の絆は強まっているのです。南ドイツ新聞はいい所を突いていますよね」

黒田は宮澤に引き続きパナマ文書関連の情報収集を指示した。

第三章　極秘任務

デスクに一人になると、黒田はずっと気掛かりであった日銀の一五〇〇億円消失事件の捜査手順を書きとめた。今回、コンビニＡＴＭ不正引出し事件を捜査する中で、図らずも日銀事件の捜査方法についてアイデアを得たような気がしていた。日銀紙幣消失事件はすべての行程を極秘に処理しなければならない。決して明るみに出ない、闇から闇へ葬られる事件となるだろう。しかし警備局長直々に指示を受けて捜査指揮を執る案件であることが、黒田の捜査官としての闘争心に火を付けていた。情報室流の落とし前をつけてやりたいと思った。

アイデアをまとめた黒田は、白井《しらい》、檜垣《ひがき》、元宮《もとみや》の三人のキャリア警視正を呼んだ。

「急な話ですが、至急中国と北朝鮮に行ってもらいたいのです」

三人は目を丸くして、互いに顔を見合わせた。

「中国はともかく北朝鮮は何事ですか」

元宮に聞かれて黒田は日銀紙幣消失事件の概要を話した。

「天下の日銀がですか」

「そんな大それた犯罪を行うのはかなりの組織でしょうね」

「危機管理の観点からも情けないですね」

皆が思い思いのことを言う。

「金を金と思ってはいけない職場ですからね。廃棄となった紙幣はゴミでしかないのでしょう。そうとでも思わなければ現金を切り刻むということに、未練を感じてしまいますから」

黒田はたしなめた。

「ところで室長はこれまで単独捜査をなさったのですか」

と檜垣。

「この事件捜査に関しては警察庁警備局が全面協力してくれています。警備局から出向している、あらゆる官公庁の情報を自由に利用することができるんですよ」

警視正たちはどよめいた。

「警備局から出向していない省庁って、文科省くらいのものじゃないですか」

白井がそう言うと、檜垣が訂正する。

「文科省にも出向しているよ。日本の宗教団体を管理しているのは文科省内の文化庁だろう」

「警備局恐るべし」

元宮が呟いた。元宮はすでにチヨダの作業研修を終えているので、警備局のスケールの大きさを実感しているのだろう。

「廃棄予定だった紙幣を積んだコンテナは、富士市田子の浦港から北朝鮮の元山港に運ばれたのでしたね。捜査は元山市からスタートすればいいですか」

白井が尋ねる。

「最初に金が運び込まれた場所と、その場所にゆかりのある組織を探る必要があります。電話の秘聴ができるようにしてもらえるかな」

「北朝鮮の携帯電話の利用率はどうなのですか」

檜垣が首を傾げながら訊いた。

「表面的には携帯電話は普及しているようですが、公的な立場や海外との取引を行っている会社に関しては有線電話が義務付けられているんですよ。国のトップは脱北と造反には異常なほど気をつかっていますからね」

「室長は、これほどの大胆かつ緻密な犯罪は北だけではできないとおっしゃいました。この事件には必ず中国が絡んでいると、私も思います」

元宮の意見に皆が頷いた。

「中国に金が流れているという前提で捜査しますが、現地では犯人検挙を目標に動けばよいのでしょうか」

檜垣が尋ねる。

「情報室としては犯人グループ、特に中国や北朝鮮の関係者の身柄を拘束しようとは考えていません」

「えっ？」

「どうしてですか」

若手捜査官たちは困惑した表情を隠さない。

「実態が分かればいいだけです」

黒田は含みのある笑いを口元に浮かべる。

「奴らと、さらに背後の黒幕には別の形で懺悔《ざんげ》してもらいますから」

「別の形で懺悔？」

にやりと笑う黒田の真意はまだこの若造たちには分からないだろう。

「奴らには『失聯《シーリエン》』してもらおうと思っています」

「失聯って、夜逃げですか」

そう言って元宮は唖然とした顔つきになった。

「失聯」とは「連絡が付かなくなること」を意味する、倒産寸前の経営者が突如音信不通になる際に使われる中国の造語である。経営者が夜逃げに失敗すると悲惨な結末が待っている。

その一例が、民間金融大手の四川財富聯合の破綻に伴う「失聯」である。経営者の袁清和は夜逃げ先で身柄を拘束された。わずか一ヵ月の間に焦げ付いた融資総額は一〇〇億元にも上ったという。

「何かトラップを仕掛けるのですね」

白井が興奮気味に訊ねた。

「日本警察として、大金を盗まれたまま泣き寝入りはできませんから。情報室ならではの手段で一五〇〇億円を奪い返しましょう」

「そんなことが可能なのですか」

「本件に関しては手段を選びませんよ」

黒田は公安警察出身である。一瞬微笑むと元宮に指示を出した。

「彼らが主として扱っている理財商品を現地で詳細に研究して下さい」

元宮が「どういうことですか」と聞き返したので、説明を続ける。

「四川省の民間金融でさえ、ひと月で一〇〇〇億円の焦げ付きを出すような土地なのです。理財商品を売り、一五〇〇億円の回収は頭さえ使えばできない話ではないと思います」

理財商品とは中国で取引される高利回りの資産運用を目的とした投資信託商品のことである。中国の理財商品の規模は約一三兆元、日本円にして一九五兆円と見込まれている。中国政府は将来のデフォルトリスクを抑える目的から取引の規制に乗り出している。

「それって犯罪じゃないですか」

「本当にやっていいのですか」

不安と好奇心が入り混じった顔で口々に呟く若手を黒田は制した。

「奪われた国益を奪い返すのが今回の我々の任務なんですよ」

翌日、三人の警視正は北京経由でピョンヤンに入った。そこから金剛山観光のツアー客に交じって空路で元山市入りした。

金剛山は韓国との国境に近い北朝鮮江原道にある山である。韓国の現代財閥《ヒュンダイ》は、金剛山の観光地化のために尽力したと言われている。

「金剛山内での通用貨幣はアメリカドルか」

元宮は土産物屋を覗いて言った。

「しかもセントが使えないって」

「中国の『千円さん』と同じ発想だな」

千円さんとは、中国各地の観光名所に必ず出てくる土産売りの総称で、「三個千円」「五本千円」等、千円単位で実にいい加減な商売をしている。言いなりに買えば損をするのは必至だ。値切っていくと「十個千円」「十本千円」とどんどん単価が下がっていく。

「ここは新羅時代から仏教が盛んだった影響で、寺や石塔、石仏などが多く残っていたらしいよ」

「それが今はこれか」

白井は金日成《キムイルソン》、金正日《キムジョンイル》親子を称える文字が刻まれた岩を指した。

「うんざりだな」

金剛山の岩肌にも金日成の漢詩が刻まれている。金正日の満五十歳を記念して刻まれたものらしく、息子を褒めちぎった言葉が重ねられていた。

「恥だな」

「しっ。檜垣、声が大きいよ」

ツアー客に交じって行動する三人だった。

元山市に戻った三人は地図を買い込み、持ち込んだ衛星写真と対比した。

「地図には載っていない場所が多いな」

「グーグルマップで確認できる建物が、地元で売られている地図に載っていないなんて不思議だな」

「地図に載っていない建物が怪しいです、と言っているようなものだ」

元宮はくすっと笑った。

翌日から三人は捜査を開始した。

「元山港から空港までが近いから、金はここから空路でピョンヤンに送られたのだろう」

「そこから海路で香港か」

観光客を装った三人が紛れ込んだのは元山港埠頭内にある三階建てのビルだっ

た。レーダー監視と空港管制塔を兼ねた建物である。

「管制塔の割には警備が甘いな」

簡単にどこの扉もあいた。

「定期路線がないからかな」

ビルは突貫工事で建てられた感じがした。

「所詮、金剛山観光のチャーター便しか飛ばない空港だからさ」

「もともとは軍用飛行場だったらしい」

「金剛山観光プロジェクトの一環として韓国からの資金をもとに拡張されたようだ。滑走路は三五〇〇メートルらしい」

「日本の中部国際空港並みじゃないか」

「豚に真珠だ」

三人はオートロック解除マシンを使い、施錠された扉を開けて侵入した。

「電話回線パネルを探そう」

「こういう建物はだいたい決まっている」

白井が地下に向かって階段を足早に駆け下りた。檜垣と元宮も静かな足取りで続く。

地下は打ちっぱなしのコンクリート壁だった。しかもコンクリート壁には、くすんだ色の木の跡が多数残っている。

「三流ホテルのバックヤードよりも酷い造りだ」

むき出しの配管を眺めながら元宮が言った。

「この部屋だな」

白井はピンと来たようだ。

「どうしてわかるんだ」

「これだけの大きな配管が全てこの部屋に入っているということは、空調だけでなく全ての電気系統もここに納まっているということだ」

得意げな顔で白井は言う。

「その中からどうやって電話回線を見つけるんだ」

「見てから教えてやる」

檜垣がオートロック解除マシンを扉にあて、白井が扉を開けた。

電気室には配電盤だけでも数十個並んでいた。元宮はドア近くのデスク上にあった電話を見つけると、受話器に耳を当てた。

「繋がっているか」

元宮が頷いた。

「それならこの線を手繰ればいいだけの話だ」

電話機本体からのコードはむき出しのまま、十数メートル先の小さなボックスにつながっていた。さらにボックスから金属製のパイプが延び、その先は配電盤様のアルミ容器につながっている。

「これだな」

容器の扉に施錠はなかった。

「まだこんな機材をつかっているのか」

「なんか古っぽい感じだな」

「クロスバ式だ」

クロスバ式交換機とは、動作を制御する部分が電子計算機式ではなく、リレーなど原始的な論理素子を用いた布線論理式のものである。このため新しい電話サービスやデジタル回線などに対応させることが困難で、徐々にデジタル式電子交換機に移行されている。日本では一九九〇年代半ばには完全に使われなくなった。

「盗聴は簡単なのか」

「盗聴じゃない。元宮班長、ここは秘聴と言ってくれよ」

「簡単だけど逆に通話音声にノイズが入る可能性がある」

「とすると」

「回路を並列処理して最初にA－D変換でデジタル信号に変換して送るか」

白井の得意分野らしく嬉々として説明する。

「独自にデジタル電子交換機を取り付けて、デジタル波で日本に送るんだ」

「日本に送るのか……」

檜垣もまったくチンプンカンプンといった風だ。

「実験する必要があるな。この電話からホテルにかけてみるか」

簡易なバイパス装置を付けて通話試験を行った。

「案外初歩的な技術というのは上手くいくもんだな。日本の完全コンピューター制御のデジタル式電話交換機と比べると隔世の感があるよ」

白井は電話回線の裏に小型のデジタル式電話交換機をセットして、デジタル送信機を取り付けると、電話回線の奥に隠した。

「ちょっとこいつに活躍してもらおう」

三人は電気室を出て、一階のロビーホールから裏手にある駐車場を確認する。

「ここに積み下ろされたんだな」

駐車場わきの部屋で荷受けをしたとにらみ、三人は部屋の隅々までチェックした。

「この強化プラスチックの破片は例のコンテナのものじゃないのか」

檜垣がプラスチック片をつまみ上げる。

「一応保存しておこう」

類似した破片はいくつか残されていたが、その他の証拠物は特にないようだ。

「こういうところは早めに退散したいものだな」

慣れない潜入捜査に三人の心臓は不安げに高鳴っていた。

「中国航空機でピョンヤン空港を離れるまで絶対に気を抜くなって、室長から厳しく言われたな」

元宮が言い、三人は目を合わせて頷き合った。

それから周囲に気を配りながら市内に出ると、空路で香港へ飛んだ。

香港国際空港は国際色豊かで開放感のある、アジア屈指の空の玄関である。

「黒田室長なら、ほっとするのはまだ早いと言うだろうな」

と白井は言い気持ちを引き締めた。檜垣と元宮も不審者がいないかどうかさりげなく周りを見渡す。

「ここはまだ中国だ」

在香港日本総領事館までの道を急いだ。

総領事館では、二期後輩の山岸《やまぎし》一等書記官が三人を出迎えた。

「警備企画課長から特命を受けております。まずは御無事でよかったです」

後輩の明るい笑顔を見て、元宮は大きく深呼吸をして微笑んだ。

「本事案の内容については聞いているのか」

檜垣が尋ねる。

「伺っておりませんが、下命の課題は実施しております」

どんな課題が出たのだろうか。

「四大国有銀行のうち、中国銀行と中国工商銀行傘下の旧シャドーバンキングと、その系列機関が発行している理財商品に関する情報です」

黒田が言っていた「理財商品」についてだ。

「一体どれくらいの規模なんだ」

「取扱金額総額は日本円にして四四兆円というところでしょうか。四大国有銀行の残りの中国農業銀行と中国建設銀行の分が入っていませんので、その程度の金額です」

「闇金に四四兆円の扱いがあるというのか」

きちんと把握できない金である。その扱い高には諸説あり、一〇〇兆円を超えるというデータもあるという。

「地下に国がいくつもあるような状態じゃないか」

山岸がそうですね、と応じて続ける。

「理財商品は本来、元本保証の無い商品であるはずなのですが、損失補塡がなされることが多いのです。理財商品で金を集めた地方政府が、不動産開発などに投資後、バブルが弾けて巨額の焦げ付きが出るケースが多発しているからです」

中国の地方政府には地方債の発行が認められていないため、不動産や建設投資に理財商品で得た資金を使っているのだ。

「他に中国の経済的な問題点はないのか」

檜垣は尋ねた。

「横行する偽札問題でしょう。紙幣のデザインのシンプルさゆえにコピーしやすく、巧妙に作られた偽札は一見するだけでは本物との見分けがつかないほど精巧なものなのです」

「偽札は中国国内だけで造られているのか」

「最近は北朝鮮製も出てきていると言われています。中国政府も偽札防止技術に力を入れ、カラーシフティングや、毛沢東の肖像や金額の数字が現れるすかしなどが導入されていますが、犯罪者のコピー精度も年々あがっていますね」

「ここもいたちごっこだな」

呆れたとばかりに元宮は言った。

「皆さんは北朝鮮の金剛山観光に行かれましたよね」

三人は頷く。

「元山市でもらう釣銭は新券が多いそうなのですが、これが全て偽札だったという報告もあります」

「これか」

元宮が財布から紙幣を取り出して見せた。確かに真新しい新券である。

山岸の資料を手にした白井たちは、その夜理財商品の仕込みについて徹底的に討議を重ねた。独自に捜査を行ったあと、一五〇〇億円を奪還するための実際的な手順について黒田への報告書をまとめた。

第四章　協力者

新生情報室が発足して以来、黒田はまったく休んでいなかった。家で新妻が待っているわけでもなく、独り身のときと変わらない仕事の仕方を自嘲気味に思うこともあった。この作業部屋に何日連続して泊まっているのか、すでによく分からなくなっている。

「黒田室長のことをどう思う」

ジャケットをハンガーにかけながら宮澤が尋ねた。

「情報量はものすごいな。あと数字に強い」

キャリア同期の猪原は唸り、手元の缶コーヒーを飲みほした。

「そう、数字が正確で、しかも新しいんだ。頭のデータを日々更新しているのだろう」

と小柳も感心する。

「先の先を読んでいるような発言だしな」

猪原がシャツを腕まくりしながら言った。

「どこにでも協力者がいるようで、先日は香港の協力者に確認してみる、とさらっと言っていたよ」

在外公館時代に自分はどこまで人脈をつくれたのか。宮澤はそう言って自問した。

「生活の五分の四はデスクにいるからな。ワーカホリックかな」

と小柳。

「飲むのは好きだと聞いた」

「結婚したばかりらしいけど」

「もう五十になるのだろう?」

「嫁さんは二回りぐらい若いらしいよ」

「でも放置らしい」

「いや、別居婚中でしょう」

同期たちは謎の多い情報室長のことを口ぐちに噂した。

「でも三年以上の海外研修を経て、日本で本格的な情報機関を任されるなんて恰好いいよ」

　エージェントに憧れる小柳は言った。

「俺たちは黒田チルドレンになるのかな」

「誇らしいじゃないか」

「情報を集めるだけでは終わらない、情報を統合して指揮するすべを俺は室長から学びたいと思うよ」

　宮澤は自分に言い聞かせるように言う。

「黒田さんは下をよく指導するから、後輩が育つと言われているらしい」

「俺たちもここで実務能力を付けなきゃな」

　ビッグデータの取り出し方、専用コンピューターの使い方、相関図の作り方。自ら作業ができて初めて、視野の広い捜査方法が編み出せると黒田はよく言っていた。

「室長が日本に帰ってきてまだわずかだ、コンビニＡＴＭ不正引出し事件は解明へと向かっている。異常な捜査スピードだよ」

「組対は焦るだろうね」

「知ってるか、犯人が捕まる前から、犯人の取調官まで決めていて、その人にあれこれ教えているそうだよ」

先の先を予測して先手を打つのが黒田流なのである。

「ホシもまだ割れていないんだぜ。どう見ても勇み足なんじゃないのか」

小柳は可笑しそうに笑った。

「いや、室長の手帳にはすでにXデーが書き込まれているかもしれないよ」

「ありえるな」

「これからの室長の動きは要注目だ」

*

黒田は庶務担当のデスクを訪れた。

「この後大阪に行くんだ。梅田近くのホテルを取っておいてもらえる？」

「新幹線の手配は」

「往復の企画チケットをお願い」

情報室には新幹線の割引企画往復チケットが五十枚ほど常備されている。

「高石副総監への報告は」

「これから総監室に行くから、その足で副総監にも報告しておくよ」

黒田は通称御前会議と言われる部長会議の前に、総監室に入って報告を伝えていた。このため、庶務担当管理官席には総監秘書官とホットラインが引かれている。

総監室での報告には必ず副総監が立ち会った。

「コンビニATM事件の捜査は相当進んでいるようだね」

藤森総監の質問に黒田がレポートを見せた。レポートは相関図で人物関係を分かりやすく図式化したものである。

「実行犯の特定はほぼ終わっています。約二百人の出し子の人定と、それぞれの関係組織は、けいしWANで送ったとおりです」

「短時間でよくあれだけ判明できたものだと副総監とも話していたんだ」

藤森は満足げにレポートに視線を落とす。

「チンピラである出し子を挙げても、トカゲの尻尾切りにしかなりません。事件背景を明らかにし、黒幕を特定しなければなりません」

次なる事件を未然に防ぐという意味でも、情報室の捜査姿勢はそうあるべきだと黒田は思っていた。

「実行部隊を指揮していたのは福比呂組と中国マフィアだったな」

高石副総監が言った。

「はい。さらに彼らを結びつける、また別の人物や組織が存在するはずです」

「当たりがついているようだな。もう少し捜査を続けてくれ」

藤森は細かく訊くことはしないようだ。

黒田が一礼して退室しようとすると呼び止められた。

「例の日銀の一件だが」

「はい、まず連中に一泡吹かせてやろうと思っています。先日うちの若い警視正を北と中国に派遣しました」

高石が静かに頷く。

「ＡＴＭ事件ではマフィアを指揮した日本の人物や組織が存在するはずです。もうしばらく捜査に時間がかかります」

「黒ちゃん、これから大阪だろう。時間は大丈夫か」

高石が気遣う。

「はい、今回の黒幕を引っ張り出す手がかりを探ってきます」

総監は何も聞かず「頼んだ」と黒田を送り出した。

その足で黒田は東京駅に向かい「のぞみ」に乗った。数時間後には、関空第一ターミナル四階にあるカフェで、ある男が来るのを待っていた。

「ハイ、ジュン。三年間もずいぶん遊んできたようだな」

パソコンモニターから顔を上げると、世界平和教の朴喜進《パクヒジン》がにこやかな笑みを湛《たた》えていた。

「本当にいい勉強をさせてもらいました」

黒田は立ち上がって握手を求めた。

「来年は五十歳だったな」

「よく人の年齢までご存知ですね」

「年齢は忘れないよ。失礼があってはならないから。長幼の序というものは案外万国共通なんだよ」

二人はカフェでしばらく談笑した。

「ところで、今日は二点確認したいことがあって、無理をお願いしました」

「何でも聞いてくれ」

朴は鷹揚に両手を広げて見せた。

「一つは日本の宗教団体『東方イコン教』について。もう一つは日本で起こったA

ＴＭ不正引出し事件にかかわった中国の組織についてです」

東方イコン教はＡＴＭ不正引出し事件に間接的に関わったおそれのある、フィクサー岩見雁一が、課税逃れのために買収した宗教団体である。

「あれは宗教を隠れ蓑にしたマネーロンダリング教団だ」

「やはり。その筋では有名なのですか」

「あの教団は原子力発電所関連施設と何らかの関わりを持っている。特に使用済み核燃料の廃棄候補地には、かなりの確率で教団が持つ土地の名が挙がる」

気持ちの悪い話だった。

「東方イコン教は世界的な広がりを持つのですか」

「広東省江門市で計画されていた核燃料加工施設建設が、住民の反対運動を受けて中止になったことがある。この用地買収をめぐって、フランスの企業と共に名前が挙がったのが東方イコン教だよ」

宗教団体のネットワークの広さは侮《あなど》れない。

「ちょうどオランド大統領の初訪中に起きたんだ。決まっていた融資が吹っ飛び、しかも中国で住民運動が原発施設の計画をストップさせた、と話題になったな」

黒田もその事件については覚えていた。

「中国政府が住民運動に負けるとは意外ですね」

「確かに地理的条件から言って厳しくはあった。建設予定地は人口密集地のマカオから一〇〇キロ、香港から一二〇キロという場所だったからな」

とはいえ人口が多い中国東南地域の沿海部には稼働中の原発がいくつもある。黒田がそう告げると、

「最終的には、ここに使用済み核燃料の中間処分場を作ることが考えられていたようだね。それが一番の原因だったかもしれない」

「最近、中国でも環境汚染を懸念した住民の反対で財閥系の化学工場建設が中止に追い込まれる案件が続いているようですね。あの国で国家主導の原発関連施設の建設が、住民運動で中止になるとは不思議です」

黒田の指摘に朴が答えた。

「そこに中国の『黒社会』が出てくるからだよ」

不満を結集し扇動する者がいるということか。

「なるほど。それでもフランスを巻き込んだ国家的事業を潰すほどの力を黒社会が持っているというのも恐ろしい」

それは中国のフランスに対する婉曲的な圧力かもしれない。

「フランスはイギリスに次いでEU脱退の可能性が高い国家だ。当時はまだそのような動きはなかったとはいえ、人民元の国際的通貨化を目指していた中国にとってEUが安定することは喫緊《きっきん》の課題だったわけだ」

「対アメリカですね」

「そう。それに中国の大いなる野望を叶える第一歩という意味合いも深いんだ」

「いわゆる一帯一路と呼ばれる拡大政策ですか」

一帯一路とは習近平中国最高指導者が提唱した経済圏構想である。第一に中国西部から中央アジアを経由してヨーロッパにつながる「シルクロード経済ベルト」（一帯）と第二に中国沿岸部から東南アジア、インド、アラビア半島の沿岸部、アフリカ東岸を結ぶ「二十一世紀海上シルクロード」（一路）の二つの地域で、交通インフラ整備、貿易促進、資金の往来を促進していくものだ。

「相変わらずよく勉強しているな」

「しかし、この構想は早くも問題を引き起こしていますよね」

「アジアインフラ投資銀行（AIIB）とシルクロード・ファンドの関係かな」

「確か四〇〇億ドル規模だったと思いますが、この投資ファンドは、まさに一帯一路構想推進用に設立される直接投資のファンドです。いまや中国ではAIIBよりもシルクロード・ファンドの方が人気があるようです」

「中国人投資家らしいバンドワゴン効果が働いているということなのだろう」

「シルクロード・ファンドとＡＩＩＢの間で、利益と運営理念の衝突が起きる可能性が高くなってきますからね」

「それをシルクロード・ファンドが出資し、ＡＩＩＢが融資する形で同一事業に共同投融資を行うなら、ＡＩＩＢ本来の紐付きではない融資は有名無実になり、それに、採算の取れない全線開通事業にＡＩＩＢが融資するならば、どこの国もＡＩＩＢ参加の意欲を失ってしまう」

黒田は朴の国際経済学者のような解説をさすがだと思った。

「イギリスのＥＵ離脱は中国とロシアの連携を生むのではないですか」

「いや、中露が連携するのは目的が反米の時だけだ。中央アジアに対する中国の進出はロシアにとって面白くない拮抗《きっこう》関係がある。間にドイツという先進工業国が入っているからこそ中露の協調が生まれているだけだ」

仮に中国が海の道を選ぶことになってもインドが立ちはだかるということか。

「そうなると一帯一路構想は中国の思いどおりにはなりませんね」

「近頃、特に海洋関係では中国にしては珍しいくらいの外交下手になっている。南シナ海、東シナ海とも中国の海のシルクロード建設を進めるうえでも重大なミスになっている」

その辺りを黒社会は突いていくことを考えているのではないか。

「そう、黒社会の情報網はイデオロギーに関係ないからね。共産党なんてクソくらえ、という連中が世界のネットワークを強固なものにしている」

その後もしばらく朴の政情分析を聞いた後、別れの挨拶をして席を立った。

ふと朴が思い出したように黒田の顔を見つめた。

「今やジュンは世界中の情報機関から行動を注目されていることを忘れてはいけないよ。特にCIAと中国の情報機関は様々な手法を用いてジュンの動向を注視しているようだから」

朴は真顔で言った。

「朴さんと今ここで会っていることも、どこかに抜けていると思いますか」

黒田は慌てることもなく尋ねた。

「私たちの電話回線が盗聴されていない限り、知られてはいないだろう。私も今回はアメリカ経由ではなく、あえてリスボン経由で日本に入ったんだ。ジュンも私と会う時にはきっちり消毒してくれているし」

朴が言うとおり、朴と密会するときは追尾のチェックなどは普段以上に入念に行っている。

「幸運を祈っている」

黒田は朴に深々と頭を下げてその後ろ姿を見送った。

黒田は関空から神戸空港までベイシャトルを使った。ポートライナーに乗り換えて三宮に向かう。

三宮に着いたところで駅近くにあるお気に入りの餃子屋で手早く小腹を満たすと、黒田は公衆電話ボックスを探した。

「桜田商事の黒田だ」

ドスの利いた声を出してみる。

「これは兄貴！　早かったですね。夕方になるかと思っていました」

甲高い声が耳に響く。

「夕方には大阪に戻らなければならない。小一時間出てこられるか」

「すぐに事務所を出ますんで、場所を指定して下さい」

「ポートライナー駅の改札を出た左手のコーヒー屋にいる」

黒田は話しながら周囲の警戒を怠らなかった。

「目立つところですが大丈夫っすか」

「奥の方の席にいる」

電話を切ると黒田はコーヒーショップに向かった。

二十分後に男は一人で現れた。仕立てのいい紺色スーツ上下に白ワイシャツ。フランス製の高級ネクタイをダブルウィンザーノットで締めていた。

「兄貴、ご無沙汰しております。何でも海外勤務だったそうで」

黒田を兄貴と呼ぶ男はアキラという名の協力者だ。十年以上の付き合いになる。

「帰国早々、いろいろと仕事を振られて大変だよ」

「すると今度は本庁勤務ですか」

アキラは明るい顔で言う。

「東京支店のままだ」

「あちゃ、引き続き桜田さんで」

アキラは黒田が管理職ではなく、現場の仕事に戻ってきたと思っているようだ。

「お前不服か」

「いいえ、てっきり本庁のお偉いさんになられたのかなと俺は勝手に思っておりました。警察署長から海外勤務を三年でしょ」

「署長と言っても、千代田区に四つある中で一番小さい署だ。たかが知れている」

「俺、前上海出身のマフィアの口から兄貴の名前を聞きましたよ。気を付けてくださいね」

黒田はそれには何も答えず、アキラに質問した。

「福比呂組の連中は、どうして中国マフィアと組んでコンビニATM不正引出し事件に加担したんだ」

「兄貴、どうしてそれを知ってるんですか」

「知っているに決まっているだろう。たかだか一八億くらいの金で、福比呂組が総動員をかけるはずはない。その裏側を知りたいんだ」

アキラは眉をぎゅっと寄せて思案した。

「要するに、最近の福比呂組は経済基盤が弱っているんですよ」

「そうだろうな。シャブと興業、そして新手の詐欺で生きてきた連中だからな」

「内部抗争の果てに、アップアップの状態になっている奴が多かったんです。そこに中国マフィアの方から美味い話が転がり込んだんでしょうねぇ」

「お前たちはどうして止めてやらなかったんだ」

黒田は睨むような視線をアキラに向けた。

「日銭ですよ。たかだか一八億程度の金でも、数百人の連中に小遣い稼ぎをさせてやれますからね」

「将来的にはその数百倍の仕事が回ってくるかもしれないと」

「ええ、そんな思いが難波《なんば》組長の頭の中を走ったからなんでしょうね」

アキラは小声で言った。

「難波健太郎《けんたろう》は岡山で本家筋の血筋を守っていた奴だな。奴が動いたのか。奴は確か六代目誠心《せいしん》会の組長だったな」

「兄貴は本当に何でもよく覚えていますね」

難波は福比呂組の幹部組織委員長だという。

「アキラ、お前の役職は上がったのか」

「これでも執行部の若頭補佐ですよ。五代目大進《だいしん》会総長ですからね」

「偉くなったな」

首を横に振ってアキラは笑った。

「これも組が分裂したからのことですよ。兄貴には感謝しています」

「相変わらず夜遊びはしてるんだろう」

「キタは行かなくなりましたね。祇園はたまに顔を出しますが、あの場所だけは敵も味方も手を出さない不文律が出来上がってますから」

「日本の組織ならまだしも、中国系韓国系の連中にはそんな仁義は通らないだろう」

「あっちの動きはこっちも組織で見てますんで。祇園に入ったことがわかった段階で、それなりの手を打っていますからね」

「そうか。無理をするなよ」

黒田はアキラを正面から見据えて続けた。

「身の安全だけは常に考えておいてくれ。お前は将来、大組織を背負って立つ男だ」

アキラは神妙な顔つきになって尋ねた。

「兄貴はそんな先まで桜田商事さんを続けるんですか」

「定年まで働くかどうか。まあ、お前の出世は見届けてやる」

お願いします、とアキラは頭を深々と下げる。

「その時はうちの顧問にでもなってくださいよ。兄貴がいてくれたら、外国マフィアの野郎どもが身動きできなくなる」

黒田が水の入ったグラスに手を伸ばした。

「兄貴、そういえば北の船が田子の浦港に入っていたの知ってます？」

喉がごくりと鳴った。ついグラスを一気にあけてしまった。

「なんでも大金をこっそり回収したとか」

「どこからその話を聞いた」

まさかこの件をアキラが知っているとは思わなかった。

「静岡はうちの総本部の指揮下にあるんですよ。田子の浦の護岸はうちらが見てますよ」

そしてアキラは黒田の目を真っすぐに見つめて続けた。

「中国と通じたのは代議士の鶴本です」

またひとつ繋がるかもしれない――コンビニＡＴＭ不正引出し事件と日銀紙幣消失事件に接点がある可能性を感じた。

アキラという反社会的勢力の構成員を介した情報ルートを十年がかりで育てた意味はこういうところに出てくるのだ。

アキラと別れると、黒田は新快速で大阪に向かった。大阪駅に着いてすぐにデスクに電話を入れた。

「おう、栗原か。六代目誠心会構成員の携帯電話をすぐにチェックしてくれ」

「県警に問い合わせますか」

「いや、公安部のビッグデータに最新の情報があるはずだ」

「公安部ですか？」

組対ではないことに疑問を持ったのだろう。

「そうだ。公安四課ではなく、公安総務課のビッグデータだ。僕のパソコンからならば入ることができる。裏のパスワードを使って検索してくれ」

栗原はデスクを離れて黒田の部屋の鍵を開けた。

梅田に移動し、黒田は百店もの店が所狭しと並ぶ新梅田食堂街を足早に突き進んだ。平日の夕方ともなれば、どの店も常連客が詰めかけていた。

腹が減っていれば串揚げ屋に行くが、先ほどの餃子がまだきいている。黒田は創業九十八年目になる老舗のバーに入った。

昔風情のレトロなバーの香りが好きだった。

「おや黒田さん、お久しぶり」

陽気なマスターに声をかけられる。

「三年、日本を離れていましてね」

「最初はハイボールでよろしい？」

この店のハイボールには氷が入らない。氷を入れないと炭酸が抜けないのだそうだ。黒田はハイボールを生ビールのように、ごくごくと三口で空けてしまった。気が抜ける暇もない。

「飲みっぷりを見て安心しました。お元気そうですね。二杯目はいつものでいいね」

「お願いします」

二杯目はニッカ余市のシングルカスク二十五年ものをストレートで飲むのが黒田流である。このシングルカスクはメニューには載っておらず、この店のメンバーしか飲むことができない。一本の樽から出されるウイスキーの量は、七五〇ミリリットルのボトルにして僅か四百五十本弱。余市蒸溜所限定の「シングルカスク原酒」が飲めるのは、余市の蒸留所と小樽出抜小路のバー以外では、ここだけだ。

黒田が二杯目のシングルカスクに口をつけたところに、四十を少し越えたぐらいのダークスーツ姿の男が入ってきた。黒田がちらりと男を見ると、男は黒田の向か

い の席に座り頭を下げた。

「ご無沙汰して申し訳ありません」

「真面目にやってんのか」

「何とかやっております」

男は黒田と同じものを注文した。

「今夜はこちら泊りですか」

「堂島ホテルだよ」

「部屋はスタイリッシュですし、バーは重厚で兄貴が好む感じが分かります」

またもや黒田を兄貴と呼ぶ男が登場した。今日二人目の協力者だ。

「そんなことはどうでもいいよ、タカ。それよりも電話で聞いた件はどうだ」

タカは首をすくめるような仕草をした。

「香港のマフィア『黒社会』が日本に進出した形跡が見られます」

「これまでにはなかった動きだな」

黒田は籠った声で言った。

「留学生、就学生制度の充実等により来日経験を持つ帰国者の中に、犯罪者であっても血縁・地縁に基づき支援する中国人が存在するとか、捕まっても量刑が軽い等の風評が広がったことが大きな原因だったようです」
　このため合法、非合法を問わず資金獲得を目的に来日を目指す中国人が増加して
いた。
「その小悪党どもに異変が起きたというわけか」
　タカはそうだと答える。
「来日中国人の一部の者が犯罪を犯し、更に犯罪を効率的に行うために組織化され
て今に至っていたのですが、その勝手に動いていた連中が、本国から来たマフィア
に吸収されたようです」
「日本で動いていた中国マフィアの連中とトラブルになるんじゃないのか」
「それが案外スムーズに動いたようなんです。吸収されたといっても全国規模では
なく、歌舞伎町とミナミの有力団体だけのようですけどね」
「国内中国マフィアの主要拠点を押さえたのが香港の黒社会ということか」
　奴らの真の狙いは何なのか。
「国家には発展してもらわなければなりませんが、それが海外に敵を作ってもらっ
ては困るわけです」
「海外で反感を買いたくないと」

日本で中国といえば、中華料理以外はことごとく否定的なイメージを想起してしまう。安価ながら粗悪な製品、産地偽装、公害などである。

「香港の黒社会は今の共産党指導者の拡大政策に疑問を投げかけています。一帯一路作戦にすでに失敗の兆しが見え始めています」

「ただその壮大な計画に、まだまだ金は集まっているだろ」

「ところで中国の軍隊について兄貴はどう分析していますか」

タカは政治談議が好きだった。

「出動機会がない陸軍の人数が圧倒的に多すぎるだろう。その割に東シナ海あたりで今威勢のいい海軍が少なすぎる」

人民解放軍は徴兵制度を行っているが、農村部などの志願者で定員が足りるため実質的には志願制だ。

「空軍、海軍はそれなりの能力が求められますが、陸軍は人海戦術要員ということで、ほとんどが農民出身の軍人なんです。軍人は公務員の中でも給料が低いのです。しかも軍人でありながら共産党指導者に対する帰属意識が低いため、地域ごとの多くの派閥に分かれてしまっているのです」

一番数が多い陸軍が分裂状態にあるということだった。

「武器の横流しが横行しているのだろう」

「そうです。その武器がついにISにまで流れるようになってしまったのです」

二〇一五年スウェーデンのシンクタンク「ストックホルム国際平和研究所」が発表した世界の武器輸出の統計によれば、中国の武器輸出はアメリカ、ロシアに次いで第三位となっている。

「かつて中国外交部は、中国は武器輸出を法律と国際的責務に基づいて行っていると公式に回答したが、横流しもかなりの量になるんじゃないか」

「アフガニスタンテロ対策担当の報告によれば、製造番号などの情報はほとんどの中国製兵器から抹消されているので供給経路はたどれないということです」

つまり、これが正規の輸出とは考えにくい。

「中国が武器の輸出先と主張しているアジアの新興国やアフリカからも、中国製武器を現金で買ったという数字が出てきません」

タカは武器の出入りについてかなり詳しいデータを持っているようだった。

「相手がアフリカや中東などの資源産出国の場合、資源と交換している可能性もあるんじゃないのか」

「皆無とは言い切れませんが、中国の輸出相手国は、西側から制裁を受けていたり、ロシアからも買えないヤバい国ばかりなんです」

「それでも国連決議では一票を持っているわけか」

だから黒田は国連を信用していない。

「中国が武器輸出を正当な手続きで行っているかどうかは、極めて疑わしいということです」

黒田は重要なことを聞いておかなければならないと思った。

「タカ、お前がカウンターパートとして使っている香港黒社会の幹部は、武器輸出に関してはどういう反応なんだ」

「彼らは軍から横流しされた武器を覚醒剤や薬物と交換して利益を上げています」

「中国では近年、薬物汚染が深刻化しているようだ」

「中国国内の麻薬、覚醒剤の使用者数は推定千四百万人ともいわれます」

「中国の人口を約十四億人とすると、約百人に一人が薬物を常用している計算になるな」

薬物は主に若年層の間で広まっている。

「その余った分が日本に来ているのか」

「とんでもない。日本に来るのは最高級品で一番先に送られてきますよ」

「お前たちが捌《さば》いているんだろう」

タカはゆっくりと首を横に振る。

「うちは直接手を出してませんよ。交通整理をしてルートを作ってやるだけです。売買の橋渡しをする代わりに、双方からマージンをもらっています」

実にしっかりしている。

「それが商社の旨味でしょう」

「それ以外にもいい商売をしていると聞くぞ」

「おかげさまで表の方も結構売れています」

「お前に『おかげさま』と言われる筋合いはない」

黒田はウイスキーに口を付けた。

「お前が組織の中で伸びていってくれればいいだけよ」

「兄貴、俺にとっては実はそこが辛いところなんですけどね」

「聞いた風な口を利くんじゃない」

いやいや、とタカは手のひらを立てた。

「俺だって兄貴には感謝していますよ。ですからこうやって話をしてるんじゃないですか」

タカはひときわ声を落として続ける。

「組織にとってはヤバい話だし、兄貴に話している内容は組織でもトップしか知らない話なんですから」

「それはわかっている。僕はお前に迷惑を掛けるつもりはないが、お前のところの組織全体の発展は一切望んでいない。むしろ縮小してもらうことを心から望んでいる。それは世間一般の人たちと同じだ」

「結構皆さん、俺らのおかげで助かったり、楽しんでいるはずなんですがね」

タカはにやりと笑った。

「舐めたことを言うなよ」

「俺らが被災地で復興に力を入れていること、知ってますよね」

黒田は彼らが相当儲けを出していると聞いたことがあった。

「原発問題に絡めてだいぶ稼いだんだろう」

「ええ、誰もやりたがらない仕事を率先して事業化し、社会貢献をしているんですよ。頭脳と組織力のたまものですよ」

黒田はタカの言わんとすることはよく理解していた。

「だからその点には僕も目を瞑《つぶ》っているだろう。ただ、やり過ぎて組対に引っ張られるのは、お前たちの企業努力が足りないからだ」

タカは首を振る。

「うちの組は捕まってませんけどね。これも兄貴の指導の賜物《たまもの》ということで」

そう言ってタカは調子よく頭を下げた。

「三年のうちに、少しは出世したようだな」

「若頭補佐になりました。組織内では十本指に入っています」

「上納金はトップなんだろう」

「締め付けが厳しいんですよ。でも敵も多いですし、金で組が守られればそれでいいと思っています」

黒田はアキラが知っていたあの件をタカにも探っておこうと思った。

「ところで、お前に二点聞きたいことがある。一つは、静岡の田子の浦港に寄港する船について。もう一つはコンビニＡＴＭ不正引出し事件に関して本国の中国マフィアの動きを知っているかどうか」

「田子の浦に北朝鮮の船が来て、シャブか偽札を運んでいるという情報がありました。北の船を使ったのは中国政府が偽札捜査を始めたからとか」

正確ではないものの近い情報は流れているらしかった。

「コンビニATMの方は、福比呂組系のヤミ金融グループの仕業でしょ」

タカは余裕ですよ、と言って笑った。

「事件の翌日には、相当数のタレこみがありました」

「出し子情報か」

そうだと言って頷く。

「出し子レベルでは、まだうちらの組織の全容は分かりませんからね。どこの誰からバイトの要請が来たまで、すぐにわかりました。過去にオレオレ詐欺をやっていた連中とかぶっていますよ」

「福比呂組は中国マフィアとつながっているだろう」

「日本に入ってきている香港黒社会の連中とつるんでいます。中でも中国人民解放軍のサイバーテロ部隊に人材を送り込んでいる、安商工《アンシャンゴン》の奴らは要チェックです。ネット世界では有名なハッカー集団ですから」

黒田にとっては、安商工といえばシャブだった。

「シャブで若いのが相当捕まりました。奴らは香港映画業界に入り込み、そこからハリウッドセレブに流して儲けていたんです。アメリカ当局からの通報で香港警察が押さえたと聞いています」

日中合同で映画を作った際、安商工絡みで嫌な噂を聞いたことがある。

「でも一八億のために安商工は動きますかね」

「僕もそこがかえって怖いと思っている。二百人もの出し子を使って、たったの一八億円じゃな。この事件が序章でなければいいんだが」

日本を舞台にさらにスケールアップした事件が起こることは避けたい。

「タカ、さりげなく奴らの動きを探ってみてくれないか」

タカは「うっす」と言って黒田を探るように見た。

「電話じゃ聞けないですよ」

「香港まで行くなら五日やる。それからどうせなら向こうで、もう一仕事して来てくれないか」

黒田が耳打ちするとタカは眉を上げた。

「兄貴、了解」

黒田は堂島ホテルにチェックインして、情報室の釜本《かまもと》管理官に電話を入れた。

「早速だが香港の安商工を調べてくれ」

「黒社会の安商工ですね」

「よく知っているな」

「日々勉強です」

中国裏社会について釜本が日頃からよく学んでいるのを知っていた黒田は、今回迷わず釜本に電話した。

「安商工の連中が歌舞伎町に入ったことを知っているか」

「えっ」

途端に釜本が口ごもった。

「難波のミナミ辺りにも入ってきているようだ」

「安商工が今回のATM不正引出し事件にかかわっていたとなれば、中国サイバー軍の中で何かが起こるかもしれません」

「陸水信号部隊の動きが気になるな」

中国サイバー軍の代表格である六一三九八部隊との連携があるかもしれない。

「アメリカの原発や鉄鋼、太陽電池関連の企業から情報を盗んだとしてFBIサイバー犯重要指名手配を受けている容疑者がいた組織ですね」

「フレンドマート銀行のデータセンターにある不正アクセス防止装置の停止技術は中国系の技術者が請け負ったと聞いたことがある」

「なるほど」

釜本は黒田の発想力に感心した。

「安商工は中国サイバー軍への人材供給機関である可能性が高い。今回の不正に奴らが関わっているとなれば、おのずと軍の関係も疑われるな」

貧しい陸軍の一部が裏稼業にいそしむ光景が浮かんでくるようだ。

「それを党指導部が止めることができるでしょうか。もしかしたら党指導部の敵に回る可能性もあります」

「敵に回る？」

釜本は面白いことを言った。

「党指導部による外交の失敗は安商工にとっては痛手です。また南シナ海、東シナ海で海軍が派手にやらかしているため、海軍ばかりが目立って陸軍は面白くないわけです」

「海軍トップの発言権が増しているからな」

「実はそこがちょっと怖いのです。中国は海上保安機関を強化して、九〇年代には、国土資源部国家海洋局中国海監総隊（海監）、農業部漁業局（漁政）、公安部公安辺防海警総隊（海警）、交通運輸部海事局（海巡）、海関総署緝糸局（海関）を組織しています。そして中国の海上保安機関で活動している船は、その多くが改造された軍艦であり、海上保安機関は中国海軍と共同行動を取る組織なのです」

いつ戦争状態になってもおかしくないということか。釜本は続けて言った。

「中国海上保安機関の乗務員の知的能力はさして高くありません。もし、突発的な有事が発生した場合、中国で最も被害を受けるのは政治でも外交でもなく、安商工のような黒社会の連中です」

一触即発の事態にブレーキをかけると何があるのか。

「中国経済にメガトン級の激震が起こることでしょうか」

それが安商工の狙いだとしたら。

黒田は中国国内で、中国の四大国営銀行が発行しているクレジットカードによって、陸軍が絡んだATM不正引出しが一斉に起こった時のことを想像していた。

「何兆円規模の被害になるのか、全くわからないな」

「その時は中国国内のあらゆる監視カメラは、偶然にも停止していることでしょう」

皮肉が効いた言い方が黒田は気に入った。

「そうだな。釜本、安商工の動きに気を付けてみてくれ」

熱くなってしまったiPhoneをテーブルに置き、ガラス張りのバスルームでシャワーを浴びた。

＊

さっぱりとした黒田はブレザー姿からポロシャツに着替えて曾根崎新地に足を向けた。

キタは歓楽街の雰囲気は東京で言えば銀座に近い。高級クラブが集合ビルの中に多く軒を連ねている。

ホテルから予約を入れた老舗の創作鉄板焼の店に入った。黒田は創作料理と呼ばれるジャンルは決して好きではない。日頃から「創作料理は盗作料理」と口にしている。創作というものは邪道に近いというのが持論である。黒田は決してグルメを気取ることはなかったが、他界した母親が昔銀座の割烹で仲居をしていた影響があってか、子供の頃から良い食材を口にしていた。

鉄板焼は一人でも食事ができるところが黒田には嬉しかった。最近では一人焼肉や一人ステーキなどの店が増えたが、いずれもゆっくり食事をする店ではない。寿司屋のように当たり外れが少ないのも鉄板焼のいいところだった。

　この店は二度目だった。だいぶ前に大阪府警の仲間に連れて来てもらったきりである。

　前菜六種盛り、赤ワインとステーキをメインに締めは乾燥からすみがふんだんに掛かった十割そばを食べて店を出た。

　次に向かったのは鉄板焼屋からほど近い雑居ビルである。

　エレベーターで六階に向かった。

「一人だけど入れるかな」

　クラブともバーともいえない中国式の装飾が艶やかな店だった。

「カウンターでよろしければ大丈夫ですよ」

　黒服が黒田をカウンターに案内した。席に座るとカウンターの中の白いバーコートを身に纏《まと》った初老の主人が愛想よく微笑む。

「お客さんは確か二度目ですよね」

「五年前になります。さすがよく覚えていらっしゃいますね」

　黒田は感心した。

「白酒《パイチュウ》をたくさん召し上がって。しかも平気な顔をして帰られたのをよく覚えています。日華同潤会の王《ワン》さんとご一緒でしたね」

「そのとおりです。王さんはお元気ですか」

「還暦を過ぎても、相変わらずよくお飲みでいらっしゃいますよ」

店の主人は目尻に皺を寄せた。

「では白酒を」

白酒は、中国の穀物を原料とする蒸留酒である。主原料から高粱《カオリヤン》酒《チユウ》ともされている。白酒のアルコール度数は五十度以上が当たり前だったが、近年はアルコール濃度を下げた三十八度の白酒が主流となってきている。しかし、この店は今でも独自のルートから昔ながらの高いアルコール度数の白酒を出している。

「では五粮《ウーリヤン》液《イエー》から参りましょうか」

中国の公式晩餐会で乾杯の酒と呼ばれた、五穀すなわち高粱・トウモロコシ・粳米・糯米・小麦から作られた五粮液が最高の白酒といわれていた時代があった。

「五十五度です」

ややとろみを感じる透明の液体が乾杯用に使われる小さいグラス、小酒杯に注がれた。

黒田はグラスを鼻先に持っていくと香りを味わった。

「いい香り」

主人が笑顔で黒田の仕草を眺めている。

黒田はグラスに静かに口をつけ、ほんの少し含んだ。数秒の間味わうと、そのままおもむろにグラスの中身を咽喉《のど》に流し込んだ。その後大きく息を吸って息を止め、ゆっくりと鼻から息をはいた。

「美味しいなあ」

そう言うと黒田は主人に向けて杯を逆さにして、飲み干したことを示した。

「お客様は本当にお好きなんですね。でも最近はその仕草をする人は少なくなりましたよ」

「ほお、乾杯の時もやらなくなりましたか」

「そのようです。中国の乾杯が酒の強要と思われるのを避けるためかもしれませんが、白酒が乾杯に使われないようになってきましたね」

時の流れというものか。

「でも三十八度のものが主流になってきたのは残念です。高い度数ならではの折角の香りが失われてしまいます」

「私も同感です。それでもいまだに昔ながらの手法で作ってくれる人がいるので、私もこうして手に入れることができるのです」

白酒は薫《かお》りを愉しむ酒だ。蒸留酒ながらワインのように数十種類の香り成分を含んだ芳香が強い酒なのである。

「今日はせっかくですから、八大銘酒を全て飲んで帰りましょう」

「どうかご無理をなさらないように」

主人が優しく囁くように言った。

現在の中国では茅台酒《マオタイチユウ》が最高とされているようである。これに五粮液、汾酒、郎酒というポピュラーな酒に続いて剣南春、洋河大曲、瀘州特曲、西鳳酒が八大銘酒と呼ばれている。

「茅台酒です。少しおつまみをお出しいたしましょうか」

主人が茅台酒と一緒に出してくれたのは、枝豆の老酒漬けとアヒルの舌の燻製だった。

「これは美味そうです。アヒルの舌は軟骨ぎりぎりのところが味がいい」

黒田は二、三本を平らげた。

「美味しく食べていただき、アヒルも本望でしょう」

「手間をかけた仕事だと分かります」

黒田は茅台酒をまた一息で空けた。

するとそこに王烈臣《ワンリエチエン》が突然現れたので、黒田ははっとした。

「ずいぶん寂しいじゃないですか。どうして私に一声かけてくれないのです」

王は糸のような目をもっと細めた。

「どうして僕がここにいることがわかったのですか」

「ご主人が連絡してくれたからですよ」

主人が申し訳なさそうに黒田に会釈した。

「三年ぶりの大阪出張です。帰国早々、新たなポジションを言い渡されました」

「仕事の内容が大きく変わったというわけではないのですね」

王烈臣が心配そうに訊ねた。

「職務の内容は相変わらずなのですが、組織改編がありました」

「今回、私がお手伝いできることはないのですか」

黒田は王烈臣の優しさに頭が下がる思いだった。

王烈臣は日華同潤会という中国上海閥の代表者のような存在である。柔和な顔からは想像もつかないが、当然ながら香港の黒社会とも深く繋がっている。関西華僑の中心人物でもあり、宗教、反社会的勢力、在日、人権団体など関西のアンダーグラウンドにも顔がきく。

「王さんにはご迷惑をお掛けしたくないですから」

黒田が言うと王は首を振る。

「あなたは本来ならば黒田先生と言わなければならないほどの大恩人です」

そう言うと王は小さく咳払いをした。

「また中国マフィアがご迷惑をお掛けしているのですか」

「まだ、はっきりとしていないのです。今の中国国内で何が起こっているのか、香港の黒社会が党指導部に対して何らかの圧力をかけようとしているのか。人民解放軍の中で妙な動きがあるのか」

黒田は率直に言った。

「それは何らかの事件と関係があるのですか」

王は心配そうに黒田を見た。

「今年の春に国内で発生したコンビニＡＴＭを使った不正引出し事件です」

「六一三九八部隊がかかわっているかどうかですか」

ずばり核心をついてきたので、黒田は内心舌を巻く思いだった。

六一三九八部隊は、上海、浦東《プードン》新区に拠点を置く中国人民解放軍総参謀部第三部第二局第三室に属する情報部門である。部隊のメンバーは大学等からコンピューターの専門知識や英語に精通した人材を集め、人員は数百から数千人規模といわれている。

「上海情報で何かお聞き及びなのですか」

「彼らは人民解放軍の中では将来を担うエリート部隊です。ただ、最近は陸水信号部隊も出来て、二つの組織は微妙な関係にあると言われています」

「それでも出身母体は同じなのではないのですか」

「香港黒社会の安商工《アンシャンゴン》のことですね」

黒田は王烈臣の知識の深さに今更ながらに驚いていた。

「日本で行われたATM不正引出し事件は彼らにとって予行演習だったのではないかと危惧《きぐ》しています。さらに発展した形で、どこかでより規模の大きい事件を起こそうとしているのではないか」

日本の郵貯がターゲットとされるならば、徹底的に潰しておかなければならない。黒田は続けた。

「日本が再び狙われることは、可能性はゼロではないでしょうが」

王も小さく頷く。

「東京オリンピックを見据え、日本も国家の威信を賭けた対応をすると思われます。セキュリティーが厳しくなった日本で再び事件を起こすのは難しいように思います」

「すると黒田さんは、中国国内で中国四大銀行が狙われる可能性があると？」

王烈臣の目の奥が鋭く光ったように見えた。

「中国マフィアですが、福建グループは中国本土の犯罪組織関係者が中核となって日本で様々な犯罪を行い、しかも組織力を強めています。福建省では喰っていくことができない連中が稼ぎ場所を日本に求めているのです。一方、上海グループは香港黒社会とつながることによって力を蓄えています」

「元々福建省グループは蛇頭の本拠地でしたからね」

「その点で上海は裏の経済分野に進出を図ったマフィアが多かったわけでしょう」

「中国の金融が地上と地下の二重構造になっている以上、裏経済を支える組織がなければ個人の事業は成立しませんからね」

「わずか七ヵ月という期間ではありましたが上海市党委書記を経験した習近平は、一足飛びに中央政治局常務委員にまで昇格するという二階級特進のうえ、さらに中央書記処常務書記、中央党校校長にも任命されたわけです。中でも中央党校校長では太子党に対抗する勢力である中国共産主義青年団（共青団）の人間関係をつぶさに情報収集していたといいます」

「習指導部の強硬姿勢は日本だけでなく、党内にも向かっているというのはその時期の経験を生かしているのですね」

「党中央弁公庁は『中国共産主義青年団（共青団）中央改革計画』を発表して共青団を『大衆から遊離した存在』と公然と批判しました。これに関して新華社通信も『習総書記が重要な指示を何度も出した』と伝えていました。さらには胡錦濤の元側近で団派の中心的人物、令計画・前党中央統一戦線工作部長が収賄などの罪で無期懲役判決を言い渡され、団派の地方幹部の失脚が続いています」

王烈臣の熱弁は止まるどころかさらにエスカレートしてきた。

「保守的な習氏と改革志向のある団派との路線の違いが鮮明になり、改革計画発表がなされると共青団側には『来るものが来た。いよいよ手を突っ込まれる』という恐怖感から次第に対決姿勢が生まれてきているのです。そこにタイミングよく出てきたのが例のパナマ文書だったわけです」

黒田は日本に居ながらにして中国政治の中枢情報を持つ王烈臣の情報ルートに改めて驚かされた。王烈臣はさらに続けた。

「太子党の中でもさらに強い危機感を持って会議に臨んでいるとみられるのが江沢民を中心とする『上海閥』なのです。習指導部の徹底した反腐敗運動の標的となり規律違反で処分された党幹部は、二〇一三年で約七千七百人、二〇一四年で約二万三千六百人、二〇一五年で約三万四千人です。その一方、習近平は二期目の政権運営を盤石にするため、人事面で二十二年間に及ぶ浙江、福建両省での在任時代に交流を持った省幹部や軍人を新たな派閥『之江派』を作っている。その他にも師であった江沢民一派の長老を退職に追いやるなど、様々な分派活動を仕掛けているのです」

そこまで言って王は大きくため息をついたので、頷きながら黒田が訊ねた。

「逆に習近平を何らかの形で追い込むとすれば国内経済で大失態を負わせるほかないですね」

「確かにその衝撃が走れば、国民の目を懸命に海外に向けさせている現指導部にとって大打撃になることは間違いありませんね」

「外交と内政の力関係はどうなのですか」

「今の中国外交部には全くと言っていいほど権限が与えられていません。この状況を最も憂慮しているのが外交部長の王毅《おうき》でしょう。外交部副部長、中央委員、駐日中国大使を歴任し、日本語、英語に堪能で、日本では会見や講演をしばしば日本語で行う日本通です。しかし、この日本通が党内や軍部から日本贔屓《びいき》と思われることを極端に恐れているのです」

「だから王毅は海外の相手方を怒らせるような過激な発言が目立つようになってきたのですね」

「常に権力闘争の中に身を置いていると仕方がないでしょうね」

黒田がさらに訊ねた。

「内政面では貧困者対策を進めて人気を得ようとしているようですが」

「すでに一部の人々は豊かになったわけですが、今後は貧困層全体の経済的格上げを行っていかなければならない。しかし、貧困層は共産党員ではありません。人口の九割以上の非共産党員をどの程度まで豊かにしてやればいいのか」

「声掛け倒れに終わる可能性も高いのですね」

「工場の排煙措置もできない国が、さらにその下にいる非共産党員のことまで真剣に考えるはずがないでしょう。中国都市部全てに水洗トイレを作ることだって何年先になるかわかりません」

「富裕層から反発も出てくるのではないですか」

「発展優先の現実路線の修正ですから、市場経済の導入によってようやく中間富裕層に昇りかけた成功者に対して、再び革命当時の社会主義理念の優先を押し付ける形になります。当然反発は出てくるでしょう」

「それをどうやって抑え込んでいくのでしょう」

「指導者たちもそこまで頭がまわっていないでしょうね」

黒田は王に会えたことを店の主人に感謝していた。

話をしながらも、黒田は八大銘酒を全て飲み終えた。店の主人が黒田に言った。

「本当にお強い。ほれぼれする飲み方です」

王もまた笑顔で店の主人に答えた。

「今どきの中国人は、日本の若手同様、強い酒を嫌う傾向にあります。料理にしても間の抜けた味を好んでいるようで、それは親が子供のためにちゃんとした料理を作ってやらないからだと思います。実に嘆かわしい時代になりました」

「一人っ子の子供に料理を作ってやらないのですか」

「子供の頃から一流と言われている料理屋で食事をさせているのです。子供ですから刺激の強い料理は刺激を抑え、濃い味も控えて出すようになると、子供はそれが本物の味だと勘違いしてしまうのです。親は親で子供第一ですから子供の味覚に合わせてしまう。結果的に間の抜けた料理が業界を席捲《せっけん》してしまったのです」

「上海や北京の一流店の味が薄くなったのはそのせいなのでしょうね」

「上海の有名な饅頭なんて食べられたものではありません。台湾では小籠包と呼ばれている饅頭ですが、台北でも一番有名な店は不味《まず》くて、地元の人間は誰も行かないと言っています。日本人の味覚も相当マヒしているようで、二つの饅頭店の海外店舗で成功しているのは日本だけだそうです」

「僕もその店はよく知っています。確かに不味くて食べられたものではありません」

王の話に黒田が笑って答えた。

「黒田さん、この後は？」

「いつもの店でカレーうどんでも食べてホテルに戻ります」

「あのカレーうどんは本当に美味しい。大阪が誇れる味ですねえ」

王が急に顔をほころばせたので店の主人が笑った。

黒田は二人に礼を述べて店を後にした。

第五章　始末

東京に戻った黒田は小泉警備局長に呼ばれて局長室を訪ねた。

「総監、副総監と例の件について話したようだな」

日銀紙幣消失事件についての経過報告のことである。

「ATM不正引出し事件についてだけど、出し子の検挙を後回しにするのは黒幕を追いつめるためだと聞いたよ」

確かめるように小泉が黒田に訊いた。

「はい。犯罪グループに組織的なダメージを与えることを第一に捜査を進める方針です」

見せしめとして検挙するならトカゲの尻尾では物足りない。また日銀が被害届を出しておらず事件が公になっていないからこそ、できる捜査というものがあるのだ。

「情報室らしい始末の付け方をするつもりだね」

静かに小泉が言った。

「舐めたことをしてくれた連中には、それなりの法的措置を採らなければなりません」

「罪名は何にするつもりだ」

「国家機密に当たるGPS情報の窃取でいかがでしょうか」

小泉が途端に表情を緩めて鼻を鳴らした。

「なかなか気の利いた罪状だ」

「それに一五〇〇億円の補塡も現実的な線で考えています。奪われたものは奪い返すまでです」

低い声で唸ると小泉は腕を組んだ。

「どんな捜査も辞さない情報室といえども、一五〇〇億円もの金をどうやって調達したんだ」

「以前上海に出張した際、たまたま知り合った中国のユダヤ人から学び、あることをしてきました」

「中国のユダヤ人？」

「温州商人です。彼らの多くは反指導部、反国有銀行を標榜《ひょうぼう》しています。彼らの祖先が始めたのがシャドーバンキングです。利益追求に余念のない彼らは、資金をかき集め、巧みに金を運用する組織を作ったのです」

中国の国有銀行の手が届かない、産業社会の毛細血管に温州商人たちから闇の資金が流れ、一定の役割を果たしているのだ。

「その発生形態はイギリスやオランダで起こったマーチャントバンクとよく似ているな」

冒険心を持った商人がリスクに挑戦して広く投資を求め、事業を拡大していく形態である。

「本来なら習近平にとっても、彼らは中国民族の鑑《かがみ》ともいえる存在だったはずです」

「なのに政府が潰したというわけだな」

「潰すだけでなく、組織を盗んだと言えるでしょうね。そのため彼らは次の手を打ったのです。台湾マネーと手を組みました」

台湾には「政策あれば対策あり」というフレーズがある。規制があれば抜け道もあるというわけだ。

「それで何を仕掛けてきたんだ」

「理財商品の空売りです」

黒田は平然と答えた。

「どういうことだ？」

小泉は複雑な表情で黒田の目を覗き込んだ。

「架空の理財商品をつくり、インターネットで大宣伝をかけました。温州商人の有力者がこの企画の中心人物であるかのような謳い文句で金を集めたんです」

情報室が預かる案件である以上、どんな手段を使っても奪われたら奪い返すのだ。

「どういう種類の商品だったんだ」

「環境商品です。工場から排出される煤煙の除去装置、河川の水質浄化装置、汚染土壌の浄化装置。全てがメイドインジャパンの特殊技能と煽《あお》りました」

「それに投資して損をするのは一般国民なんじゃないのか」

小泉はきつく腕組みをしたままだ。

「小口は受けないようにしました。高額投資のみを受け付ける代わりに、損失補塡の特約が付いています」

金を持った欲深い投資家から金を巻き上げようと思ったためだ。

「すると黒ちゃんは一銭も出さずに一五〇〇億円を取り戻したのか」

「表に立たせた温州商人の知名度もあり、二三〇〇億円近い金が集まりました。そのうちの一五〇〇億円を企画、マネージメント料として我々に返還させるつもりです」

小泉は呆れたとも驚いたともつかない顔で、はぁっと息を吐いた。

「外国為替として日銀の当座預金に総額一五〇〇億円を振り込んでもらいます。あらかじめ連絡をしておきますので」

国家的な現金の損失はこれで回復される。

「バブル当時のサルベージ屋を思い出したよ」

サルベージ屋とは、パクリ屋、沈め屋などを経て反社会的勢力に渡った手形を、振出人に代わって回収する業者のことだ。

小泉はさらに言った。

「情報室だから許される超法規的捜査だな。長官には私から報告しておくが、きっとお呼びがかかるぞ」

「まだ実行犯の処理ができておりませんので」

「処理か。フィリピンの大統領のようだな」

麻薬撲滅を掲げ手荒な取り締まりを行ったドゥテルテ大統領のことに違いない。

「僕はあの政治家が嫌いではありません」

黒田の反応を予想していたように小泉は頷いて笑った。

「わかった。処理を続けてくれ」

＊

若手警視正たちの活躍もあり、フレンドマートＡＴＭ不正引出し事件の捜査は、ほぼ全容が明らかになってきた。

黒田は二枚のレポート用紙に概要をまとめ、総合捜査報告書を自ら作成して全室員に示した。

総合捜査報告書をまとめるのは本来、捜査主任官である管理官クラスであるが、今回、黒田自身が作成したのには理由があった。

「これが室長お手製の相関図か」

宮澤は食い入るように資料を読んだ。

「こんなに詳しく捜査の手の内を明かしてくれるんだな」

猪原はその分かり易さに舌を巻く。

「持っている情報を包み隠さず見せてくれるところがすごい」

小柳は情報を覚えてしまおうと、何度も読み返す。警視正班長は総合捜査報告書を手にしながら口々に囁き合った。

もちろん情報提供者、協力者の名前は伏せてあるものの、黒田がいつどこでどのような話を聞いたのか、どう裏付けを取ったかが一目瞭然だ。

「全て裏を取っているところがさすがだ」

レポートは集まった者すべてに配られていた。

「しかし、警部補クラスにまでこの情報を知らせる必要があるのか」

「ここから逆に情報が漏れたら大変なことになるよ」

新情報室には巡査部長以下の職員はいなかった。高度な機密性を保つためには、それなりの経験と責任を持った者のみで結束するのがよい。そのかわり、コピーや書類の編綴《へんてつ》は警視以下の職員に平等にやらせた。キャリア警視正に細かな作業をさせることはなかったが、自分が作成したレポートは自分でコピーを取ってもらうようにした。

「今後、情報室が行う捜査の報告書はこの形式で行う。総合捜査報告書を作成するのは班長。それまでの捜査報告書のまとめは管理官。係長は現場捜査の責任者であり、主任は実働部隊とする。また、情報の報告連絡は全て縦のラインで行うが、一つ飛ばしは是とする」

一つ飛ばしとは、直属の上司には直接報告せず、主任が管理官に直接報告してもかまわないということである。これは迅速な報告が必要な場合、まずは最も知るべき人に情報が入るようにするためだ。

「三日で七人の情報提供者に会って、よくこれほどディープな内容が取れるな」

「ここまで深い会話ができるまでにどれだけ付き合いを重ねたのだろう」

今回黒田と初めて仕事をする若い警視正たちは、情報マンの仕事に打ちのめされているようだ。

情報室での報告を終えると、黒田は書類を持って総監室に向った。

藤森総監と高石副総監が素早く総合捜査報告書に目を通し、互いに目配せした。

「一ヵ月あまりで全容解明か」

口を開いた藤森はゆっくり頷いてみせた。

「あとは証拠と供述が全てを明らかにしてくれると思います」

黒田は誰にどの調書を取らせるかをすでに頭の中でシミュレートしている。

「捜査員を中国に送らなければならないのだな」

高石が訊いた。

「中国当局がどのような反応を示すかにもよります」

「この中国の内情に詳しい情報提供者は、中国当局から圧力を受けることはないのか」

藤森が確認する。

「それは細心の注意を払っています。事実報告書には本人を特定できる記述は避けております」

「国内では出し子を除いて四十五人を逮捕するのだな」

すでに全員の居住先を確認し、主要人物に対しては行確を行っていると告げた。

「Xデーはどうするつもりなんだ」

「党指導部がもみ消しを図る可能性もありますし、香港黒社会もじっとしているわけではないでしょう」

中国の出方次第である。

「在香港日本総領事館にこれから十人規模で人員を派遣するのか」

高石が訊いた。

「香港では五人の身柄と、数台のパソコンを押さえればことが足りると思います。協力者自らに現地に飛んで確認してきてもらっています。この一件は書類には添付しておりませんが、画像、動画と撮影事実報告書の作成が終わっております」

新梅田食堂街の奥で会った協力者のタカが上げてきた情報である。

「どうやって身柄を捕るつもりだ」

「領事館に任意で連行するのが一番早いと思います」

外国人による国内犯の規定に基づけば、日本の刑法で裁く権利がある。

「教唆犯か、共謀共同正犯か」

藤森が鋭く突いてきた。

「以前外国人と日本人のグループを詐欺罪で摘発した事案では、首謀者を共謀共同正犯として検挙しています」

「中国系風俗エステで、スキミングによってクレジットカードのデータを盗んで、偽造クレジットカードで電化製品を騙し取った事件だったな」

藤森はあの事件をよく覚えているようだった。

「はい、総監が刑事部長当時に起きた事件です」

「確か中国人、フィリピン人、日本人の合計五十五人を詐欺罪などで摘発したな」

あの時も香港総領事館に中国人の身柄を持って来たと捜査記録にはあった。

「そうだ、あれはその後中国当局からクレームが来て、中国公安に身柄を引き渡さざるを得なかったんだ。中国当局は中国の法律に基づいて厳正に処罰したというが、結果はわからないままだ」

藤森が鼻に皺を寄せ口元を歪《ゆが》めた。

「とてもうまい手法でしたね」

感心した黒田は思わずこぼした。

「どういうことだ」

「お言葉ですが、中国当局が簡単に犯人を引き渡すわけがありません」

「黒ちゃんならばどうするんだ」

高石が慌てて尋ねる。

「密かに柄を押さえたうえで、中国当局に『こういう犯罪で、こういう者を捜査している。所在を明らかにして身柄を引き渡してくれ』と頼むのです」

「中国当局は相互の引渡条約がないので、それはできないと言って来るよ」

当然だろうという表情で高石が早口で言ったので、黒田は首を振った。

「身柄を押さえていることを、先方にあらかじめ通告したから失敗したのです。中国人は面子《メンツ》で生きているようなものです。身柄を押さえているのは伏せておいて、犯人の引き渡しを求めるのですよ」

そうすれば当局はほとんどの場合、捜査を尽くしたが、そういう人物の存在は確認できなかった、と通告してくる。それなら無国籍人物として日本に連れてこようが中国当局は何も言えない。

「それはアメリカ方式なのか」

「はい、よく行われています」

「最後の最後まで捜査は気が抜けないな。奥が深い」

藤森総監が黒田の肩をポンとたたき、悠然と離席した。

*

香港へは宮澤警視正を筆頭に十人を派遣した。

所在はすぐに明らかになった。任意同行とは名ばかりの半ば強引な拉致行為だったが、相手方は全員が拳銃もしくはダガーナイフを所持していた。受傷事故防止を最大限に留意して総領事館に身柄を運んだ。五人の身柄を押さえ、領事館内の保護室に入れた段階で香港公安当局に対して五日間の猶予をつけたうえで容疑者の通告を行った。

五日を過ぎても香港公安当局から返事はなかったので、総領事館が改めて通告すると、「そのような者は存在しない」との回答を得た。

宮澤はにやりとした。

「さて、グリーン旅券を取って日本送還と参りますか」

航空機が公海上に入った段階で五人の手に手錠が掛けられた。

羽田空港から警視庁本部に運ばれた五人をさっそく取調室に詰め込んだ。身柄拘束時に押収したそれぞれの身分証明証を、本人に突きつける。

「この身分証明証は誰のものだ」

捜査員の第一声だ。

「写真も付いているだろう。運転免許証もあるんだ。偽造でもなんでもない」

通訳の言葉を聞いてから、捜査員は頷いた。

「そうか。これが香港公安当局からのお前に関する回答だ」

回答書を読みあげると被疑者は唇を噛んだ。弁護士の選任だけを行い、黙秘に転じた。

「黙秘？」

宮澤から報告を受けた黒田は言った。

「いいんじゃないですか。弁護士が何か話してくれるでしょう。それに香港の弁護士だけでは日本で活動できません。どの筋の弁護士が付くか、それも楽しみです」

「香港公安当局はまだ何も言って来ませんか」

宮澤は気がかりなようだ。

「そろそろ黒社会の連中も異変に気付く頃でしょう。何が起こるか楽しみじゃないですか」

笑いをかみ殺すように黒田は言った。

「室長には先が読めているのでしょう？」

「今、香港総領事に公安当局の動きを監視してもらっています。トップの首が飛ぶことは間違いないでしょうからね」

「五人を日本の警視庁が香港で逮捕したことがわかると問題になりませんか」

宮澤は自分の行為にまだ確証が持てないらしい。

「無国籍の容疑者を公海上で逮捕したのですから、何の問題も生じないのですよ」

そのために香港公安当局から文書で回答を得てあるのだ。

「これに慣れないと国際捜査はできませんよ。お決まりの逃げ口上を逆手に取ることも大事なことなのです」

黒田は宮澤に教え諭すように言った。

翌日、重要人物から順に検挙活動が始まった。

初日に福比呂組のヤミ金融グループ責任者をはじめとした五人を逮捕および捜索差押が行われた。

「奴らは県警の組対の動きばかり気にしていたようですね」

小柳は小気味よいとばかりに笑った。

「組対から必死に情報も取ろうとしていたようですが、的外れでしたね」

黒田は逮捕予定者全員の通話記録と、その通話先を全て確認していた。通話記録から一部の組対捜査員から、組対の捜査情報がリークされていたことが分かった。

「県警にではなく察庁の監察に連絡を入れておきますか」

黒田は組織内の害虫駆除は徹底すべきと思っていた。

協力者に仕立てることと、反社会的勢力と裏で繫がることは、似て非なる行為である。組対捜査員が保有する銀行口座のチェックを終えた黒田は憤慨した。

「こいつらも早晩処理してやる」

福比呂組員は拍子抜けするほど簡単に落ちた。全ての通話記録が明らかになっていたため、悪あがきをする余地もなかったのだ。

引き出した一八億円は全て安商工の指示どおり、関係者に渡した。手数料は二〇パーセント。そのうち三〇パーセントを出し子に渡したという。福比呂組にしてみれば、短時間の作業で二億五〇〇〇万円が手に入ることになる。

在日本中国大使館が警視庁に容疑者の引き渡しを求めてきたのは、容疑者逮捕後六日目のことだった。今度は警視庁側が香港公安当局からの文書を盾にこれを黙殺した。警察庁もこれに理解を示し、法務省の入国管理も無国籍者の合法的入国を認めていた。

在香港日本総領事館の総領事は、警察庁から何の相談も受けなかったことを面白く思っていなかったらしい。総領事は外務省出身で蚊帳《かや》の外だったからだ。けれども警察庁は外務省の機嫌を取ろうともしなかった。総領事館には一等書記官として山岸警視正が出向しているが、本件で情報収集を担当したのは山岸だったからだ。

警察庁は情報収集において外務省職員をほとんどあてにしていない。

「在外公館の大事な仕事の一つは在留邦人の安全の確保が第一義ではあるが、情報収集もまた重要な意味を持っている。しかし、外務省はどうもそれが苦手なんだ」

歴代の警察庁警備局長が同じように苦言を呈している。

「中国大使館筋が国会の親中派に苦情を入れているようだ。さきほど与党民自党の幹事長から官房長へ事実確認の電話が入ったらしい」

高石副総監が黒田に耳打ちした。

「結構焦っているようですね」

予想の範囲内である。

「伝えたのは中平《なかひら》弁護士だろう。背景はどうなんだ」

「東京地検特捜部を辞めて福比呂組の顧問弁護士に堕ちた男です」

「腐ったヤメ検か」

警察を辞めて反社会的勢力に入る者は滅多にいないが、ヤメ検は非常に多い。端的に言って、ヤメ検は仕事がないのである。

「香港から連れてきたホシはいまだに黙秘を続けているんだろう」

高石が訊いた。

「少しは雑談に応じるようになったそうです。異国の地で話す相手もいないのは心細いのでしょう」

「柄を取る時にあえて所持金を持たせなかったのがよかったな」

「自弁ができませんからね」

身柄拘束を受けている被疑者が留置場で食事をするとき、個人の所持金があれば、出される食事以外に自分の好きな物を自費で購入することができる。

「取調べでは案外そんな些細なことが効いてくるんだよな」

全くその通りだった。

「運び屋をやった警備保障会社の捜査はどうなっている」

続けて高石は苦々しい顔で尋ねた。警察OB、堀田総一郎が社長を務める会社が裏社会と手を結んでいたとは許し難いことだった。

「現在逮捕しているのは、新日本特殊警備のドライバーとその上にいる課長です。引き出された金は一旦八重洲地下駐車場に集められ、そこから新日警備の現金輸送車で運ばれて行きました」

「上司の素性は」

「福比呂組の関係者が名前を吐きました」

「新日警備は組織ぐるみで本件に関わっていたのか」

「下っ端を起訴するのと並行して堀田の逮捕を準備しています」

組織ぐるみの関与の裏付けは取れていた。

新日本特殊警備は経営目標として中国進出を掲げていたのだ。その足がかりとして中国系貿易企業と結びつきを強めて特色を出し、会社を大きくしていったのだ。中国進出を後押しし、会社を成長させたのは親中派代議士の鶴本宗夫である。

「そこで鶴本と繋がるわけだな」

高石は舌打ちして顔をしかめた。

「元警察キャリアが落ちぶれたものですね」

「鶴本は政治家として実力をつけ始めると、盟友との政策協定を反故にし、金にならないと分かれば袂《たもと》を分かつ。どこに行っても唯我独尊」

鶴本の横暴ぶりはかねてからよく耳にしていた。

「確かに金には敏感です」

「財布男と言われるフィクサーの岩見雁一とも未だに親しいだろう。さらに噴飯ものなのが警察権力を私利私欲のために使おうとすることだ」

「警察組織内にシンパがいるということですか」

「今でも何人かはこっそり付き合っているようだ。足抜けできないというのが本音だろうが、こっちの内部情報を漏洩するようなことがあれば厳正な処分をする」

高石は冷ややかな視線を外に向けた。

「組織内の残党が誰か、ヒトイチの監察は摑んでいるから心配はいらない」

安商工の五人に付いた弁護士は、中平以外も福比呂組お抱えの弁護士だった。

黒田は熊倉《くまくら》を呼んだ。

「係長、取り調べをしている劉空河《リウコンホア》だが、イギリス領バージン諸島の法人の株主になっていることがわかった。おそらく中国共産党上級幹部とのつながりがあるはずだ」

タックスヘイブン絡みの線で揺さぶりをかけてみてもらいたかった。

「それはパナマ文書の分析結果ですか」

「安商工にはマネーロンダリングを行う部隊があって、劉空河はその幹部のようだ。狙いどころとしては面白いかもしれない」

黒田は安商工の劉に目を付け、熊倉と詳細な打ち合わせをした。

警視庁本部二階にある本部留置室に直結している取調室。

熊倉警部、安本《やすもと》警部補にミスター通訳の異名をとる、中国広東語専門通訳の小山内《おさない》の三人で劉空河の取調べに当たった。小山内は単に言語を変換するだけでなく、捜査員の感情までも実に上手く伝えることができるプロである。

「劉、今日の食事はうまかったか」

「味噌汁は苦手だ」

劉は首を振った。

「本当のことを言えば、金銭の差し入れを受けることができるんだが。残念だなあ。お前が持っていた免許証や各種証明書は全て偽造だろう。本国がそんな人はいませんって言うんだからな」

憎しみをこめた眼差しで劉は熊倉を睨んだ。

「そんな馬鹿な話があるか。俺は嘘をついていない」

「それならＡＴＭの不正引出しについてだって、本当のことが言えるだろう」

「黙秘しているだけだ」

「地検の検事の前でも完全黙秘を貫いているようだが、このままでは無国籍者として日本の法律で裁かれ、日本の刑務所に収監されることになるぞ。弁護士がお前に何を言っているのか知らないが、無国籍者が無罪になったためしは一度もないからな」

「だから無国籍ではないと主張してる」

劉は声を荒らげて怒鳴った。

「母国に見捨てられたんだから仕方ないだろう。これが香港公安当局からの回答書だ。照会文書と見比べてみればわかるさ。お前がもし中国人だったなら、我々もお前を日本に連れてくることはできなかった」

日本と中国の間には犯罪人引渡条約が締結されていないからだ。

劉は憮然とした顔で鼻から息を大きく吸い込んだ。

犯罪人引渡条約とは、国外に逃亡した犯罪容疑者の引き渡しに関する国際条約で、主に二ヵ国間相互条約として結ばれる。

相手国からの国外逃亡犯の引き渡しは外務省経由で請求される。審理は東京高等裁判所で行われ、犯人が日本国籍の場合や政治犯の場合など例外を除き、原則引き渡す。

二〇一六年現在、日本が犯罪人引渡条約を結んでいる国はアメリカと韓国の二ヵ国だけだ。イギリスは百十五ヵ国、アメリカは六十九ヵ国と締結していることからも分かるように、二ヵ国のみとは非常に少ない。この理由は日本が死刑制度を維持しているからと言われる。死刑制度を撤廃したヨーロッパ諸国とは当面この条約を結べないだろう。

「ところで劉、お前は反社会的勢力や高級政治家の脱法的な租税回避やマネーロンダリングなど、資産隠しの国際的プロらしいな」

熊倉が矛先を変えると劉の顔つきが一変した。

「内部情報が流出した中米パナマにある法律事務所の最大の市場は中国だったと言われているらしいぞ。おまけにその方面の特別行政区である香港では簡単な手続きで法人を設立することができ、中国共産党の最高指導部の親族も香港を通じて資産を運用していたらしいじゃないか」

劉の額から汗が噴き出してきた。

「香港にはタックスヘイブンに法人を設立するための仲介サービスを行う業者がゴロゴロあって、こうした仲介サービスを行う業者を仕切っていた一人が、劉、お前だったそうじゃないか。お前たちの業界ではペーパーカンパニーを『設立する』のではなく『買う』というそうだな」

熊倉はさらに畳みかけるように言うと、劉は虫の居所が悪いのか視線が泳いでいる。

「タックスヘイブンにある業者はあらかじめペーパーカンパニーを複数設立していて、お前たちは、そのリストの中から気に入った名前のものを買うだけなんだろう？　楽な商売だな。すでに中国共産党の新旧の最高指導部の親族がタックスヘイブンに法人を保有していたことが明らかになっていて、波紋を呼んでいるぞ」

ようやく劉が口を開いた。

「俺をどうしようというんだ」

熊倉は劉に冷たい視線を浴びせた。

「この件をお前は弁護士に相談したのか？　できないだろうな。そんなことをしたらすぐさま刺客がこの留置場にやってくるだろう。留置業務としても迷惑な話なんだよ」

「俺をどうするつもりなんだ」

劉は目を見開いて頼み込むように言った。

「無国籍じゃ困るからな。何らかの形で国籍を取り直し、その国で裁いてもらってもいいんだ。犯罪人引渡条約を日本と結んでいるアメリカとかな」

「アメリカか」

劉は呟くように漏らして、可能性を探るように虚空を見つめた。

「お前がアメリカやタックスヘイブンの利用の実態を明らかにする情報を求めている機関の捜査に協力してくれるというのなら、いろいろなやり方があるということだ。ただし、本件が片付かないことには、こちらとしても何もしてやることができない」

哀れむように熊倉は劉を見た。

「それは司法取引ということか」

いや、と熊倉は首を振った。

「日本には司法取引という制度はない。いいかお前、調子に乗るなよ。世の中にウインウィンの関係なんてあり得ないんだよ」

前日と打って変わって、劉が熊倉に恐れを感じている様子が見て取れた。

「さて、一旦留置場に帰って頭を冷やして来い。午後は一時から話を聞いてやる。弁護士に相談するなら早めに留置担当者に言ってくれ」

劉はほんの一時間足らずの取調べだったにもかかわらず疲労困憊《こんぱい》していた。

「室長、相当動揺していました」

しばし休憩に入った熊倉が黒田に報告に来た。

「次はどう出るかな」

「中国サイドが調査結果の変更を主張してくる可能性はないですか」

「奴らは面子で生きているからな。まあ、香港公安当局のトップを更迭《こうてつ》して、さらに公式文書をもって、責任ある者が警視庁に謝罪に来ない限り、こちらとしては一切の対応をしない」

黒田はきっぱりと方針を決めていた。

「政治家が動くのではないですか」

熊倉は恐る恐る尋ねた。

「その時はすぐにマスコミにリークしてやる。売国奴だってな。政治家の政治生命を潰すなんて簡単なことなんだよ」

黒田は軽く言ってのけた。

午後一時から取調べが再開された。

劉は弁護士に連絡を取っていなかった。

「タックスヘイブンの件で、中国共産党の指導者はどういう対応をとっているのか知っているのか」

先に劉が口火を切った。

「中国当局は国内の報道だけでなく、海外メディアの報道についても神経をとがらせているようだな。NHKワールドが、中国共産党の新旧最高指導部の親族がタックスヘイブンに法人を設立していた、と報じた途端、画面が真っ黒になり音声が途切れたという。その後、中国当局がこの問題について厳しい情報統制をしていると報じると、いきなり放送中断だ」

熊倉は中国当局の対応を嘲笑《あざわら》ってみせた。

劉は視線を落として何も言わなかった。

「今度はそれにかかわった者がニュース同様、いきなり消されるんじゃないか」

劉の横顔がこわばった。

「世界ではパナマ文書の中に名前が出てきたからといって、すぐに犯罪を意味するわけではないという声もある。タックスヘイブンに法人を設立すること自体に違法性はない、というのが一般の国家の感覚でもある。でも中国は違うぞ。世界中でキツネ狩りが行われている今、タックスヘイブンを活用していることはすなわち犯罪になるんだ」

劉は落ち着かない様子でまくしたてた。

「そういう見方もあるだろう。現金の持ち出し制限もあるくらいだからな。まあ、その話はあとにしよう」

熊倉は大きく息を吐いて話題を変えた。

「本件、つまりATM不正引出し事件の背景を話してもらおう」

「あの事件は俺のテリトリーじゃない。別のチームだ」

「別のチーム？　安商工内の別動隊ということか」

「そうだ」

劉は素直に頷いた。その表情を見て劉が「落ち」に入ったことを確信した。

「責任者は誰だ」

「王元朗《ワンウエンラン》だ」

「王の狙いは何だ」

「はっきりとしたことはわからない。しかし、ＩＴ産業は、いまや製造業に代わって、中国経済の唯一の頼みの綱なのだ。ＩＴ産業を制するものがこれからの中国を制すると言われている。現にＩＴ産業の発展は目覚ましく、名目ＧＤＰの二割を超す規模に育っているんだ」

「中国では『ＢＡＴ』がサクセス・ストーリーの象徴のように言われているからな」

「そうだ。現に習近平が訪米した際には『ＢＡＴ』の三大ＩＴ企業の創業者たちを同行させている」

「ＢＡＴ」とはバイドゥ、アリババ、テンセント三社の頭文字を取った呼び名である。しかし、中国検索エンジンの最大手である百度《バイドゥ》はグーグルの、企業間電子商取引のオンライン・マーケット阿里巴巴《アリババ》集団はアマゾンの、インターネット関連の子会社を通したソーシャル・ネットワーキング・サービス騰訊《テンセント》控股はワッツアップの所詮モノマネだという指摘を退けることはできない。

「中国のインターネットユーザーは、約六億五千万人もいるんだ。人口の約半分がユーザーと言うことになる」

「確かにすごい数だな。コンピューター技術に長けた者が、エリート企業に入るか、人民解放軍に入るかが分かれ道だ。お前たち安商工は、人民解放軍に人材を送り込んでいるんだろう」

劉はじろりと熊倉を睨んだ。

「知っているなら俺に聞くなよ」

「お前が黙秘を続けているから調べたんだよ。甘く見るな」

劉は口元を歪めた。

「日本警察は金で買収できないのだろう」

「その話をしただけで、贈賄未遂の別罪で逮捕だな」

劉は口元を歪めたまま、睨むだけしかできない。

「お前のところの責任者、王元朗ってのはどんな奴だ」

「王元朗は精華大学工学部出身のエリートだ。党の中枢に入っても伸びただろう」

「精華大学工学部ならば習近平の後輩だな」

「ちょうどひと回り下にあたる」

「王元朗が安商工に入った経緯は」

「王は三十代で南京市の副市長を務めたんだ」

熊倉もさすがに驚いた。

「それは大変なエリートだな」

「党に残っていれば太子党の幹部メンバーに名を連ねていただろう。しかし王は団派にさんざん嫌がらせを受けた。そして黒社会とのつながりを指摘されて放逐《ほうちく》されたんだな」

「実際につながりはあったのか」

「組織から見れば手強い相手だった。それが身内に入ってくれたんだ。こちらとしては行政の弱点がわかり過ぎるくらいわかるようになったというわけだ」

「そういうことか。今回のATM不正引出し事件に関しては、中国四大銀行関係者がかかわっているはずだが」

劉は顔を背けて鼻をふんと鳴らした。

「そんなことはとっくに知っているんだろう。現に李世珍《リーシーチエン》、張 良衡《ヂャンリイアンホン》の二人を捕まえているじゃないか。李世珍は中国商工銀行、張良衡が中国銀行の出身だ」

熊倉は変わらぬ表情でパソコンを打ち始めた。調書の下書きである。下書きはリアルタイムで黒田のパソコンに反映されるようになっていた。また熊倉のパソコンも、相関図ソフトと情報室ビッグデータに接続され、固有名詞をすぐさま確認できるようになっていた。

「なるほど。付け加えるなら、楊昭晋《ヤンヂャオジン》が中国銀聯出身ということか」

「そのとおりだ」

劉は諦めたのか、投げやりな態度でタバコを要求した。しかし熊倉は取調室での喫煙を原則どおり認めなかった。留置人の喫煙時間は朝食後の運動の時間と決められている。

「今日は運動の時間がなかったんだ」

確かにその通りだった。熊倉は大げさに目を丸くした。

「そうだったな。よし、特別措置でいったん房に戻してやろう。タバコでも吸ってこいや」

「悪いな」

このさりげない一言で熊倉は「完落ち」が間近であることを悟った。

劉を房に戻すと熊倉は黒田のデスクに電話を入れた。

「室長、落ちそうです」

「そんな感じだな。それよりもどうして最初から調書の作成をしなかったんだ」

「あそこまで一気に落ちるとは思わなかったんです。話し始めた話の腰を折ってもいけないと思い、供述拒否権を告げなかったのです」

すみません、と熊倉は受話器を握りながら頭を下げた。

「まあ結果オーライだ。熊倉が取った内容は他の取調官のパソコンに送って共有しておいた」

これで一斉に落ちるかもしれない。

「室長のアドバイスのおかげです」

熊倉の声は明るい。

「巡査部長時代から室長の取調べの立ち会いをしていたので、だいぶ勉強になっています。通訳の小山内さんの迫力もすごいですね」

「そうだろう。今日は無理をお願いして来てもらったんだ」

「調書の作成を頼んだよ」

「五分とかかりません」

「調書が出来たら総監に報告だ。李世珍、張良衡、楊昭晋の上下関係をきちんと取っておいてくれ」

「了解」

「それからもう一つ、香港の資産流出を安商工がどう捉えているか聴取しておいてくれないか」

「それはどういうことでしょうか」

熊倉は聞き返した。

「そっちのパソコンにデータを送る」

香港の大富豪で、世界的な華人資産家として知られる有名企業家がいる。その男が最近、香港や中国本土に持つ傘下企業の資産を売却したのだ。その額は八〇〇億元（約一兆五〇〇〇億円）とも伝えられている。

このように資金を中国から撤退させている中国系企業家の大部分は、外国籍を取得しており、外国籍の華人として中国で事業をして海外で優遇を受ける道を選んでいる。有名企業家が「中国での事業は政府との面倒な交渉が必要だ。企業の本部を海外に移転することを考えている」と公の場で語ったことが、大きな波紋を呼んだ。

「香港経済の衰退は中国経済の衰退だ」

黒田の一言は熊倉係長に響いた様子で、受話器の向こうから熊倉の重い声が響いた。

「了解です」

＊

「黒ちゃん、よくやったな」

高石副総監ががっしりと黒田の右肩を摑んで言った。「これから組対部長を呼ぶから同席してくれ」

「えっ」

黒田は思わず高石を見返した。

「部長と対決するのですか」

金子《かねこ》組対部長はキャリアではなかった。交通部長にキャリアが就いていたからだ。警視庁の部長ポストは総務、警務、刑事、公安、警備、生安、組対、交通、地域の九つ。そのうちノンキャリポストは二つというのが通例だ。このうち、総務から警備までの五ポストは必ずキャリアで階級は警視監。残りの四ポストのうち地域はノンキャリの指定ポストで、生安、組対、交通の三つはキャリアとノンキャリが交代で就任する習わしである。

「金子組対部長はよく知っているんだろう」

「よく存じております。能力、人格、見識とも歴代のノンキャリ部長の中ではトップクラスだと思っております」

黒田は明け透けに評した。

「そうだろう。だからこそ情報室の存在をきちんと把握しておいてもらいたいんだ」

そして高石は首を傾けてから言った。「そうですよね、総監」

藤森総監は目を細めて頷く。

「金子部長は二年間の任期がある。おそらく在任中に警視監になる、警視庁の歴史の中でも極めて稀な存在だろう。彼の後任というより、後継ぎ的な存在は彼自身に選んでもらおうと考えている。新情報室は三年間、人事異動を行わないことは先に言ったとおりだが、管理官クラスは居座りで理事官に就任することになるだろう。そういう特殊な人事を行うにあたって、金子部長の存在は大きいのだよ」

高石の説明を聞きながら黒田は思案した。警視庁のトップ人事に関しては大して興味はなかったが、情報室の命運がそれに左右されるかもしれないなら話は別だ。

「わかりました。できる限りご説明したいと思います」

黒田は頭を下げた。

「金子部長にならわかってもらえるよ」

藤森がそう言った時、総監室の扉がノックされ、秘書官が金子組対部長の到着を告げた。

「入ります」

巡査の時に教えられる入室の挨拶だ。それを叩き上げのトップになっても使う。

「おう、こっちに来て掛けたまえ」

やや強張った面持ちの金子組対部長と黒田の目が合った。金子の表情が一瞬曇る。

「金子部長、例のコンビニATM不正引出し事件なんだが」

おもむろに藤森が切り出すと、

「その件に関しましては鋭意捜査中でございまして、近いうちに全容が明らかになろうかと思っております」

金子は慌てるように言葉をかぶせて軽く頭を下げた。

「そうか。実はこの一件は片が付いた」

「はっ？」

顔を上げた金子は、すぐに答えを求めるように隣の黒田に視線を向けた。

「黒田君、どういうことだ」

黒田を制して高石が口を開いた。

「少し前、人事発令で警部以上の異動を発表したのは知っているだろう。新生情報室の初の仕事に、このATM不正引出し事件を調べさせたんだ。組対部には悪いと思った。ただ新しい情報室は総監の直轄組織に生まれ変わった」

「そういうことでしたか」

金子は頷くと続けた。

「警視正以上が十人以上も集まっていたので、何らかの合議組織ができたのかと思っておりました。実態は全く知りませんでした」

「この組織の詳細を知るのは、庁内では総務部長、警務部長と警務部参事官だけだ。刑事、公安両部長でさえ詳しくは知らない」

驚きを隠せない金子はしきりに頷いた。

「しかし、新生情報室が解決したというのは、一体どこまででしょう」

高石が現在十二人を逮捕していることを伝えると、金子はさらに落ち着きがなくなった。黒田はどこか申し訳ない気持ちになり、金子から視線をそらした。

「黒田室長が作成した総合捜査報告書だ」

金子は高石から手渡された報告書を受け取ると、息を止めたようにじっくりと読み始めた。

紙をめくる音だけが聞こえる。頃合いを見計らって高石が口を開く。

「何か異議もしくは問題点があるなら遠慮なく教えてくれ」

「いえ、恥ずかしながら私も未だにわからない点がいくつも含まれております」

「指定暴力団福比呂組の構成員に関する記述はどうだ」

「何人かは競合いたしておりますが、全員と言うわけではありません」

「情報室は今回、出し子は捨て置いて、全四十五人を逮捕予定だ。その中には香港黒社会の重要人物五人も含まれる」

「香港黒社会……」

　虚ろな表情で金子は汗を拭う。

「金子部長。本来ならば先発で捜査に着手している組対部と情報室はタイアップして捜査を進めるのが筋であることはわかっていた。そして結果がどうであれ、本音を言えばこのやり方が正しいとは私も思っていない」

　藤森総監が諭すように話すのを、金子は噛み締めるように聞いている。

「しかし、旧態依然とした捜査の限界というものを捜査員一人一人が感じてもらわなければならない時が来ているとも思う。情報室は当面、組織の憎まれ役になるかもしれないが、組織に風穴を開けるためにも、刑事部や公安部の案件も私は積極的に情報室に任せるつもりだ」

　金子はもう一度、総合捜査報告書に目を落とす。

　高石が金子の方に体を向けた。

「情報というものは、すぐに今の捜査に結び付けるか、分析資料として事後の捜査に役立てるか、その扱いを瞬時に判断しなければならない。今回、黒田君には三年間、海外の情報機関でみっちり修業してきてもらった。その成果を試す意味もあって、総監と私で本件にあたらせた。もちろん、組対部が作った捜査報告書も参考にさせてもらった」

黒田も頷いた。

「組対部も組織犯罪対策総務課マネー・ローンダリング対策室、組織犯罪対策第三課暴力団対策情報室、組織犯罪対策第四課の各係を総結集して捜査に当たっておりましたが、情報の一元化ができず遅れを取った面があり反省しているところです」

金子は吹っ切れたような顔つきになった。

「将来的に組対にも総合情報部門を設けるかもしれない。情報室には黒田室長以下十三人の警視正が入っている。彼らのほとんどは警察庁から三年間の修業で呼んだ若いキャリア組だ。彼らは必死で黒田室長から情報収集、分析のノウハウを学ぼうとしている。さらに十五人の警視も警察庁から呼んでいます。まずはこの三年間が勝負だよ」

藤森の言葉に黒田は身が引き締まる思いがした。

「はい、精一杯やらせていただきます」

近い未来、日本にも本格的な情報拠点ができるといい。そのためにも新生情報室で結果を出さなければならなかった。

「情報室も三年後にはまた新しいメンバーに入れ替えですか」

金子が尋ねた。

「心配ご無用。警察庁と警視庁の情報部門は徐々に統合されていくでしょう。三年後、情報室で学んだ連中が警察庁に戻ったとき、すぐに即戦力のメンバーが補充されるよう、これから組織改革を図っていく」

情報部門の統合は警視庁情報室の発足当時から掲げる一つの目標だった。

「金子部長にお願いがある。この総合捜査報告書をもう一度、組対部の各課長と協議し、現在の組対部だけでどれだけ裏が取れるかを一週間で確認してほしい」

「かしこまりました」

金子はよく通る声で言った。その横顔はきりりと引き締まっている。

「君がそんなことをするとは思わないが、どうか情報室を恨まないでほしい。これは部長として、各課長にも伝えてくれ。これから刑事部、公安部でも同じことが起こるはずですから」

高石は金子に柔らかい口調で言った。

「情報室には一泡吹かされましたが、とてもいい刺激をもらいました。黒田君、これからもよろしく」

黒田は起立して金子に深々と頭を下げると、金子部長は歯を見せて笑ってから退室した。

「さすがに金子部長は人格者だな」

藤森が感心するような口ぶりで言う。

「刑事部長、公安部長はこうは行かんぞ」

高石はにやりとして黒田を見たので、黒田は小さく頷いて見せた。

「出る杭は打たれる。けれどそこはグッと我慢してくれ。警察庁幹部は、黒ちゃんを行政官と考えている。我々としては、この仕事を任せられるのは君だけなんだ」

黒田は責任の大きさを痛感しながら、再び頭を下げた。

「ところで今回の事件で中国の内情も少しばかりわかってきたようだな。尖閣問題と一帯一路について、詳細なメモを作っておいてもらえるかな」

高石が言った。

「まさか一週間で、とはおっしゃいませんよね」

慌てて黒田は尋ねた。

「まだ日銀事件が完全決着していない中で、そんな無理を言うほど私は人でなしじゃないよ。十日あげよう」

藤森が豪快に笑った。

「高石が総監になったら君は今以上に大変になるよ。覚悟しておくといい」

黒田は苦笑いしかできなかった。

警視正の小柳の捜査は佳境に入っていた。

出し子が引き出した現金を運んだ新日本特殊警備の捜査は、思わぬ展開を迎えていた。

最初に逮捕されたドライバーの上司にあたる、村雨《むらさめ》課長が予想外の供述をしたのだ。

「会社に運び込んだ現金はどうしたのだ」

取調官が聞いた。

「現金は車内で依頼人が内容を確認したのち、依頼人の車に移し替えました」

村雨はぽつぽつと答えた。

「その金がどっから来たものかお前は認識していたんだな」

「コンビニのATMから運ばれてきた金であることは知っていましたが、上からは犯罪対策のためのリアルな訓練だと聞かされていました。私は命じられるがままに現金の移し替えに立ち会ったまでです」

「あなたに訓練だと命じたのは誰ですか」

「社長の堀田総一郎です」

堀田の名前が出てきたところで小柳は黒田に速報を入れた。

堀田総一郎は警察庁のキャリア出身だ。東北管区局長を最後に新日本特殊警備に専務として入り、十年前からこの会社で社長を務めていた。

「堀田は現職時代、何度か先輩の鶴本から誘われて政治家へ転身を考えていたらしいですから」

黒田は苦々しい思いで言った。

「やはり代議士の鶴本が裏で糸を引いていたのですね」

新日本特殊警備が設立されたのは二十年ほど前になる。初代社長は「財布男」こと岩見雁一、最後のフィクサーと呼ばれる男だった。雁一の兄は鶴本の学生時代からの盟友で、ジャパンテレビ副社長にまでなった誠である。

「戦後に現れた多くのフィクサーと比べると小物ですけどね」

「世の中の流れと金の流れに聡《さと》い男なのでしょうか」

「というよりも、鶴本に金を持たされ便利に使われたんですよ。岩見は警備会社からパチンコの両替システム、高速道路の保守点検と、鶴本が政治家として力を入れた分野で商売を広げていったんです」

小柳は何度も頷きながら聞いていたが、時間になると取調室に戻っていった。

取調べが続いている間、黒田は堀田総一郎の個人データを洗った。

夕方、小柳が黒田のデスクに取調べ結果の報告のため再度訪れた。小柳は現在三人のホシを抱えていた。

「新日本特殊警備の捜査はさらに広がりそうな気配ですね」

楽しみが増えたとばかり黒田は笑った。

「堀田総一郎で止まるとは思えませんが、どこまで展開するのか心配になってきました」

「いざとなれば遊軍も投入しますよ。早急にお札を取って堀田総一郎を締め上げて下さい」

お札とは捜査令状のことだ。

「堀田は察庁の生安局とは深い付き合いがあるようですが」

「当時の刑事局保安部だろう。保安第一課長はパチンコ業界に深入りしすぎたきらいがあった」

「プリペイドカードの導入時ですね」

パチンコ遊技機に使われている全国共通のプリペイドカードは、平成二年、パチンコホールにおける脱税対策として、当局の指導という名目で導入された。

黒田はパチンコ業界に警察が介入し過ぎた結果、現場で癒着や不正がはびこっていることにうんざりしていた。

「堀田は岩見雁一の手駒となっていたんです。言われたら何でもやる」

黒田は小柳に言った。

「新日警備はちょっと特殊な会社ですよね」

「原発あるところに新日警備あり、なんて言われた時期もありました。警察OBを抱え、警備のノウハウを持っている会社ではあったので、電力会社と接近したのでしょう。一般入札で競合した場合には、特別な計らいがあったようです」

「電力業界の裏事情ですか」

小柳は皮肉に微笑んだ。

「原子力発電所を持てば、必ず問題となるのが使用済み核燃料の搬出です。新日警備は、会社設立当初からフランスの大手原子力燃料処理会社と提携していたのです」

これはタカからの情報だった。

「日本の警備会社とフランスの核燃料処理会社が提携とは、どういうことですか」

聞き慣れない話に小柳は訝《いぶか》しげに尋ねた。

「使用済み核燃料を運搬する際に満たさなければいけない、諸々の基準をすべてフランス企業に合わせ、他の企業に先駆けて新日警備が独占契約を結んでいたのです」

「独禁法に抵触するのではないのですか」

国が全面的に後押ししたというが、独禁法の追及を受けなかったことについては黒い噂があった。

「誰も手を出すことができなかったのだと思います。新日警備が堀田社長のもと急成長した秘密はこの辺りにあるのでしょう」

黒田は全国の原子力発電所を視察した際に、共同で事業を行う地元の警備会社の責任者とも面談したが、彼らは新日本特殊警備に関しては一様に口をつぐんだことを思い出した。

「国内では怖いものなしの新日警備も、中国進出の際に大きな痛手を被ったようなのです」

広東省江門市で計画されていた核燃料加工施設建設が、住民の反対運動を受けて中止になった事案について小柳は説明した。この施設の警備を新日本特殊警備が請け負う話になっていたという。

「建設候補地には、宗教団体の土地が絡んでいませんでしたか」

黒田は鋭く聞いた。

「はい、東方イコン教の影が見え隠れしていました」

「ここでも岩見雁一だ」

岩見は中国で荒稼ぎしようと企んでいたのか。日本でこれ以上原発を作るのは困難であることを考えれば十分に納得がいく。さらに原発に留まらず、高速道路の保全対策やサービスエリア、パーキングエリア運営のノウハウも持ち込むつもりだったのかもしれない。

「堀田総一郎の柄を捕ったら、岩見雁一につながる問題点を再点検してみましょう」

「本件で岩見まで狙うのですか」

小柳の目に緊張が走った。

「奴がこれまで野放しにされてきたのが不思議なくらいです。これは組対部と生安部がある種の自主規制をしてきたからでしょう」

黒田は表情を変えず冷静に分析を続けた。

「岩見に捜査の手を伸ばしたら、組対部と生安部から膿《うみ》が出るかもしれません。でもその膿を出してしまわないと、今後情報室は組対や生安と共同歩調を取ることができない」

「室長、本気ですか」

小柳は一瞬怯《ひる》むような不安げな顔を見せた。

「やる時にはとことんやるのが情報室ですから。総監だって止めることはできないと思いますよ」

黒田の決意は固かった。

二日後の朝。小柳班が新日本特殊警備社長・堀田総一郎の身柄を捕ると、すぐさま顧問弁護士が警視庁本部を訪れた。

情報室の捜査は所轄を巻き込まない完全な独自捜査だったが、情報室のメンバーの名刺には警視庁総務部特殊捜査班という肩書が刷られていた。情報室内に設置された外線電話回線は一本だけで、警察電話番号簿にも総務部の一番最後に「総務部特殊捜査班」と記載された電話番号が一つだけ載っていた。

顧問弁護士は警視庁本部二階にある留置管理課事務室で、被疑者堀田総一郎との接見交通権の行使を申し入れた。

留置管理課は現在被疑者を取調べ中であるとだけ言い、詳細が知りたければ総務部特殊捜査班に電話を入れるように伝えた。

憮然とした様子の顧問弁護士が電話をかけてきた。

「私は本日、そちらで逮捕された新日本特殊警備社長の堀田総一郎の顧問弁護士の中平と申します。担当の捜査主任官に代わっていただきたい」

「現在、取調べに立ち会っております」

「いつごろ中断しますか」

「昼過ぎまでは無理かと思います」

弁護人との接見交通権は被疑者の権利のひとつだが、全ての事務に優先するものではない。できる限り速やかに行使されれば、被疑者の権利は守ることができると判例も示している。

「今まだ十一時です。どうしてそんなに待たせるのですか」

「留置業務との関係もありますので、そう無理を言われても」

「では一つ教えてください。総務部特殊捜査班というのは本部のどこにあるのですか」

「それを申し上げる必要はありません」

「責任者は誰ですか」

「捜査主任官は小柳大成警視正です」

「警視正？」

中平顧問弁護士が素っ頓狂な声をあげた。

「はい。警視正です」

「失礼だが、その小柳警視正の前任所属はどちらか」

「警察庁長官官房総務課でございます」

「そこでも警視正だったのですか」

「警視正は四年目でございます」

警視庁警察官で警視正四年目と言えば、署長を終えて方面本部長クラスになっている大幹部を意味する。

「そうですか。一時まで待たせていただきます」

中平は手のひらを返したように素早く引き下がると、自分の事務所に電話を入れた。

「至急警視庁の小柳大成という警視正を調べてくれ」

間もなく折り返しの電話が入った。

「新聞報道によると小柳警視正は一ヵ月前に警察庁長官官房総務課から異動になっています。その直前まで在ロシア日本大使館一等書記官でした」

「なに、キャリアか。特別な人事異動だったのか」

「参考までに、その前日の新聞にこんな記事が出ていました。警視庁に警視総監直轄の情報室ができたと」

中平は今回の堀田の逮捕が、このよく分からない組織の手による可能性が高いと判断した。

ようやく堀田に接見した中平は愕然とした。元警察キャリアとして幅を利かせていた堀田の姿はもはやどこにもなかった。

「社長、早期の釈放を目指しますから、私にだけは本当のことを言って下さい」

中平が言葉をかけるも堀田は虚ろな目をするだけだ。

「社長、何があったのですか」

「…………」

「窃盗並びに刑法二五六条第二項の盗品等有償処分あっせん罪の容疑となっていますが、どういうことですか」

「…………」

茫然自失とは今の堀田のことを言うのだろう。

「社長、しっかりして下さい」中平は語気を強めた。「あなたは元警察キャリアでしょう、ここは毅然と」

堀田が黙って首を振って、重たい口をゆっくりと開いた。

「すべての証拠が押さえられているんです。すべて抹消したはずだったのに、なんていうことだ」

「捜査主任官は警視正のキャリアらしいです。あなたの後輩でしょう。何とかならないのですか」

力なく堀田は項垂《うなだ》れて目を閉じた。

「私は完全に終わりました。ただ、鶴本先生にはご迷惑が掛かってはならない……自分のことよりも……そちらを何とか」

閉じた瞼《まぶた》の際《きわ》が滲《にじ》んでいる。

「鶴本代議士ですか？　一体全体何があったのです」

状況がまるで分からない中平は慌てふためいた。

「唆されたのです。中国進出のミスの一部を取り戻すチャンスだったのです」

堀田は堪《こら》えきれず、ううっと嗚咽を漏らした。

「唆された？　誰に唆されたのですか」

「最後のフィクサーと呼ばれた岩見雁一です」

中平は目を丸くした。

「盗品等関与罪といいますが、その盗品とは何ですか」

「約一八億円の現金です。コンビニＡＴＭから金が引き出された一件がありましたよね」

中平の額や背中から汗が吹き出した。

「まさか」

堀田は小さく頷いた。

「一八億円の運搬に手を貸し、手数料一億円をもらいました」

「その金が盗まれた金と知ってやったことなのですか」

中平は半ば啞然としながら尋ねた。

「結果的にはそうなります」

さらに説明を求めると、堀田は岩見の秘書より、ATMの防犯対策をテストするために、現金の輸送までシミュレーションするよう指示を受けたというのだ。

「本当に金を盗むつもりなどありませんでした。金はその後回収し、銀行に返還するものと思っていたんです」

鼻をすすりながら堀田は漏らした。

「岩見の秘書と面識があったのですか」

「以前、岩見とその秘書と一緒に酒を飲んだことがありました」

「いつ頃のことですか」

「二年くらい前です。ちょうどうちの会社が中国進出を果たした頃です。当時岩見には非常に世話になっていたものですから、頻繁に接待していました」

「秘書の名前と肩書きは何でしたか」

「名前はうろ覚えです。肩書きはたしか、リスクマネジメントのコンサルタントだと。岩見を裏で支えている男なのだと思いました」

「なので、今回もコンビニ銀行のリスクマネジメントの仕事として堀田さんに依頼が来たと思ったということですか」

「その通りです」

消え入りそうな声で堀田は言った。

「普通に考えて、一億円もの報酬はおかしくありませんか」

「これまで私の会社から岩見に支払った金は、手数料だけでも軽く一〇億は超えています。それを考えれば一億ぐらい、と思ったのです。しかも三年前にうちが受注していた中国の核燃料加工施設建設がポシャって、数十億の損失を出していましたから」

「その案件は岩見の紹介だったのですか」

「はい。会社がここまで大きくなったのは岩見のおかげでもあり……」

口惜しそうに言って堀田は鼻をかんだ。

「今回は岩見からは何の連絡もなく、秘書が社長のところに来たのですね」

「そうです。今回は手始めですが、これからさらに大きな商売ができる……と」

堀田は再び目に涙を浮かべながら続けて言った。

「そして私は、さらに大きな過ちを犯してしまいました」

ただ事ではない様子に中平は目を見張った。

「どうしたのです。まだ何かあるのですか」

「古くなって廃棄処分される予定だった銀行券、つまり紙幣を入れたコンテナを、それが不正な金だと知りながらうちの会社のトラックで田子の浦港まで運ばせました……」

「いくらぐらいの金ですか」

「一五〇〇億円と聞いています」

「は、は、はあ？」

中平は飛び上がらんばかりに驚いて声がうまく出なかった。

「コンビニＡＴＭの一件を逆に脅しのネタにされてしまったんです。完全に担がれました」

「堀田さん、まずはその秘書の素性を……」

おそらく堀田は初歩的な詐欺に引っかかったのだろう。おそらく岩見は、秘書などおらず、そんな男は知らないと主張するだろう。元警察キャリアがこの体たらくではどうしようもない。

「そいつを警察に探してもらおうじゃないか」

堀田は言ったが、中平は切り返す。

「我々が探さなければいけません。こちらがいくら、唆した者はこういう男だと主張しても、その男の存在を証明できなければ、作り話だと思われても仕方がないでしょう」

これを挙証責任という。

「受け取った一八億円はどうやって相手方に渡したのですか」

「翌日の朝、竹芝埠頭で向こうの車に積み替えたそうです」

「それも〝秘書〟の指示だったわけですね」

「はい。電話で連絡が入りましたが、その時使われていた携帯電話は遺失物として拾得されたと取調官が言っていました」

「周到に準備されていたのでしょう。一億円の受け取り方法はどのような形で行われたのですか」

「現金引き渡し場所で、現金で受け取りました。その際に私も立ち会ってしまったのが、今回警察が盗品等有償処分の罪とした理由だったようです」

「その金はどうしたのですか」

「私の個人口座に入れています」

「どうして法人の口座に入れなかったのですか」

「会計士から指摘されると思ったからです。簿外で処理したかっただけで、個人的に使おうとは思っていませんでした」

「ああ、全てが不利な状況だ」思わず中平はこぼした。「おそらく今夜のニュースで、あなたの逮捕が一番に伝えられるでしょう」

「コンビニATM不正引出し事件の共犯者としてですね」

堀田は消え入りそうな声で言った。

「会社ぐるみの犯行の疑い、と報道されれば、会社の存続はまず難しくなります。私は『あなたはただ利用されただけである』との旨を、持っているルートで流しておきます」

中平はこの捜査に関わった警視庁内組織が未だ不明なのが気になっていた。

「総監の直轄部隊だといいますが、堀田さんはご存知ですか」

「いいえ。キャリアの警視正が捜査主任官などということ自体、実に特例的です。警察庁が主体の組織かもしれません……」

堀田は止まらない涙を拭いながら言った。

時同じくして堀田総一郎の逮捕はチヨダに速報された。チヨダの校長、福士理事官に電話報告を入れたのは公安総務課の青柳《あおやぎ》事件担当理事官である。

「記者会見は誰が行うのですか」

「高石副総監が直々に行います」

「まだコンビニATM不正引出し事件の容疑者逮捕も報道されていないようですが、今回の堀田逮捕に併せて行うのですか」

福士も今朝事案の概要を知ったばかりである。

「そのようです。なにせ組対部の面子も丸潰れですから、副総監がなだめるような形になります」

かつて可愛がった黒田の顔を思い浮かべて、福士は口角を上げた。

「新生情報室が早くも本気をだしたのですね。やはり情報室は黒田君なくしては成り立たない。彼が海外研修へ出ている間、情報室の存在感はみるみる落ちてしまいましたから」

「黒田室長は、新組織を作るに当たって旧情報室員の中でも出来のいい警視、警部をほとんど呼び込んでいます。俗にいう黒田一派です。彼自身はむしろ公安部の派閥をぶっこわした人物ですが」

黒田は組織内で派閥を作ることを非常に嫌ったが、下から慕われてしまうことについてはどうしようもない。

「そうそう、公安部時代は派閥解体の裏の張本人なんて言われていたな」

それはまさに粛清だった。

「好き嫌いだけで固めたお友達派閥でしたので、弊害もありました。部内に総勢二百人近い『近藤一派』がおり、近藤参事官本人は『影の公安部長』とまで言われていました。これを公安総務課長から警備局長まで上り詰めた、小泉局長が大ナタを振るったのです。近藤一派はあっけなく解体され、近藤一派のうち現在も勤務を続けているのは実に十数人しかいません」

公安部に激震が走った人事だった。青柳は当時の状況を詳しく語った。

「裏の張本人と言われた黒田君は、その粛清にどう関与したのですか」

「当時近藤一派のリストを作ったのは黒田室長と言われています。近藤会の名簿が流出したということでした」

黒田は恨みを買う形になったが、その後時を経て情報室は公安部の近藤一派が狙っていた事件を先に挙げて組織内で一気に存在感を出した。

「まさに今回組対がやられたように」

青柳の言葉を頷きながら聞いた福士は、少し不安になった。

「黒田君を敵対視する輩が増えないといいのだが」

すると青柳は明るく笑った。

「今や室長を敵に回そうなんて思う者はいませんよ。彼と手を組んで戦果を上げようと発想するでしょう。一緒に仕事を始めた多くの若いキャリアたちも、きっとすぐに黒田シンパになってしまうでしょうね」

福士は電話を切ると、すぐに小泉警備局長に電話を入れた。

「警視庁情報室が新日本特殊警備社長の堀田総一郎元警視監の身柄を捕ったそうですね」

「ああ、すぐに広報があるな」

「高石副総監が会見をされるようです」

「なるほど。組対を押さえるには有効だ。ところでその件は黒ちゃん本人から連絡が入ったのか」

「いえ、公安部の青柳理事官からです。理事官も今朝方副総監から呼ばれて事実関係を知ったようです」

「なるほど。ＡＴＭ不正引出し事件の最初のホシを捕って、すでに一週間になるのに、全く広報しないから何をしているのかと思ったら、そういうことだったのか。それにしてもよく情報を抑え込んだものだ」

「中国大使館からの圧力はどうなっているのですか」

「香港公安当局の謝罪がない限り一切応じないようだ。すでに無国籍者に対する国籍付与に関してＣＩＡと協議を始めている」

「ＣＩＡですか」

「黒ちゃんが引っ張ってきた香港黒社会を知る五人を徹底的に調べ上げるということだろう。アンダーグラウンドを把握する上での重要人物らしい」

捜査スピードにはＣＩＡも驚愕したと伝えられた。

「情報室は彼らの上も捕るつもりなのでしょうか」

「黒ちゃんの性格からいったら、やらずにはおれんだろう。潰すときは手加減しないのが彼流だ。黒ちゃんが今後、協力者を選定した場合にはチヨダに連絡をさせるから、情報共有をしっかりな。そうでないと取り残されてしまうぞ」

「承知いたしました。心しておきます」

福士はふと気になっていたことを尋ねた。

「局長、情報室が別件で二十五人を逮捕したそうですが。何やらGPS情報の窃盗とかいう奇妙な罪状だったそうで」

この逮捕については組織内でも知る者は少なく、当然ニュースにもならなかった。

「そうだな。実は別件でもなかったんだが。おかげで国が救われたよ」

小泉は満足げに笑った。

＊

「新居はまだ決まらないの？」

久しぶりの遥香《はるか》との電話だ。海外からかけてきているという。

「ずっと目の回る忙しさだったんだ。家は緑が見えて空気がいいところを探しているんだけど、なかなかな」

「都内でそんなところはないでしょう」

遥香が笑ったので、自然と黒田も和んだ気持ちになる。

「新宿御苑のそばや千鳥ヶ淵なんかに一応公務員住宅がある」

「社宅も視野に入っているんだ」

「マンションがいいけど、環境のいい場所だとやっぱり高くてさ」

遥香もうーんと小さく唸る。

「純一さんの歳だとローンを組むのもちょっとハードル高くなるよね。でもお母様が遺して下さったものがあるから大丈夫だって」

黒田は母親の死に目にも立ち会うことができなかった。亡くなる一週間前に見舞ったのが最後の面会となった。認知症が進み、すでに話すことは出来なかったが、穏やかな寝顔で微笑んでいるように見えた。

死亡の通知は、母が長く勤めていた料亭の客である病院の理事長からだった。仲居としてそれなりの人脈を広げていたようである。

「お母様からお預かりしているものがあります」

遺体を引き取る際、理事長から遺書と貸金庫の鍵を渡された。

「純一君、お母さんは君をとても誇りに思っていたんだよ。自慢の息子だってね。警視に昇任した時はとても喜んで、私とシャンパンでお祝いしたんだ」

初めて聞く話に黒田の目頭が熱くなった。

「僕にとっても母は誇りでした。父を早く亡くしてから、一人で私を育ててくれました。仲居の仕事も大変だったでしょうが、休むことを知らない人でした」

「お母さんは、ただの仲居頭じゃなかった。あの料亭では三代の女将に仕えながらも女将以上に客から信頼されていたんだ。途中からは経営方面にも知恵を出されていたんだよ。独学で勉強し、投資もしていただろう」

「母が投資をやっていたのですか」

これには黒田も驚きを隠せなかった。

「四井投資信託の河合社長が全てを預かっているはずだ。世田谷区代沢の家は四井地所の竹内社長がリロケーションを任されている」

「代沢の家？　母はそんなものまで持っていたのですか」

黒田は知らなかった母親の一面を知り、鼓動が早まるのを感じた。遺書は達筆な筆文字で簡潔に書かれていた。黒田は母の書く文字が子供の頃から好きだった。

ふと元気だった頃の母の姿が浮かび、黒田は口元をきつく結んで込み上げてくるものを押さえた。

「私は二週間後に帰る予定だよ。それまでにお家は決まっているかな」

「それならせっかくだし一緒に探そうか」

「決まるまではホテル暮らしってことね。ホテル代はお役所が負担してくれるの？」

まさかとんでもない。

「最初の二週間だけ出してくれたけど、今は自腹だ」

「そっか。それなら早く一緒にお家探しをして決めようよ。今はどこのホテルに泊まっているの」

「半蔵門のグラントアークだよ」

警察庁が持つ施設である。

「今はお部屋でゆっくりしてるの？」

「ああ、これから部屋飲みでもしようかと思っている。ところで資格試験の勉強は順調か」

「大丈夫。ちゃんと稼いであげるから、待っててね」

まったくこいつときたら。黒田は苦笑しつつも、明るい遥香から元気をもらえた気がした。

電話を切ると、冷蔵庫から冷えたグラスと氷と炭酸水、そしてブッカーズを出した。ホテルの部屋は快適だったが窓が開かないのは残念だ。ブッカーズソーダを作って窓際に立った。黒く染まった皇居の杜《もり》を眺めながらグラスの半分を一気に空けた。炭酸に踊らされた豊かなバーボンの香りが鼻腔に抜け体が熱くなる。

しばらく道を走る車をぼんやりと目で追った。次第に興奮が冷めていき、頭が冴え渡ってくる。

ふと黒田のポケットが振動した。iPhoneを引っぱり出すとクロアッハからの着信だ。

「ジュン、お手柄じゃないか」

クロアッハが喜んでくれるのが嬉しい。

「ＣＩＡの仲間から聞いたんだ。香港黒社会の主だった連中が、日本で取調べを受けているってね。ＦＢＩ式捜査を日本で実践してみたかったんだろう」

「君は相変わらずの早耳だな」

やはりこの男にはかなわないと黒田は思う。

「わざわざ祝福の電話をくれたのかい」

「それが、本件に関連してジュンの耳に入れたいことがあった」

黒田は背筋を伸ばした。

「パナマ文書で名前を出された中国人が、先日日本円にして一〇億円を騙し取られたらしい。一種の先物詐欺だったようだ」

なるほど。起こるべくして起こった事件とも思えた。

「中国の公安当局は捜査をしていないのか」

「単なる詐欺事件として軽く片付けるつもりらしい。被害者も警察に正確な話ができないだろうしな」

「中国の富裕層は混乱するだろうな」

「君はほくそ笑んでいるんじゃないのか」

黒田はそれを否定した。

「いや、何であれ犯罪事件の発生を喜んだりはしないよ。今後似たような詐欺被害が多発するかもしれない。警戒が必要だ」

反社会的勢力や黒社会が勢力を増していくことになるのだろうか。それが日本へ波及したりすれば大変なことになる。黒田は暗澹《あんたん》たる気持ちにならざるを得なかった。

電話を切るとブッカーズソーダを飲み干してから、ソファーで今後予想される事件の余波について考え事に耽っていた。

ふと沈んだ体を起こして黒田は我に返った。このままホテルの部屋に独りでいたら、事件捜査のことがずっと頭から離れないだろう。気分転換を兼ね、ここは外に軽い食事でも取りに行くとするか。

シャワーを浴びてカジュアルなシャツに着替え終えたとき、唐突にドアのチャイムが鳴った。

咄嗟に時計を見ると午後九時を指している。こんな時間に誰が訪ねてくるというのだ。黒田は警戒した。

「ルームサービスでございます」

ドアスコープから廊下を確かめると、ホテルの制服を着た従業員が食事らしきものをのせたワゴンの横に立っている。

「僕は何も頼んでいませんが」

黒田の鼓動が高まった。

「いえ、黒田様のお部屋に運ぶよう言付かっております」

「どなたからですか」

「十一階のお客様です」

誰かの差し金なのだろうか。

「ワゴンにのっているものを見せてもらえませんか。白い布をどけて、その場でクロッシュを上げてください」

従業員は皿にかぶせたドーム状のふたをあけた。皿にはフレンチの冷菜が美しく盛られている。

「そちらは白ワインですね」

「そうです」

従業員は困った顔でドアを見つめている。

「十一階の何という方からですか」

「ご親族の方と聞いております。黒田様の所属と生年月日もご存知でした」

「親族？　思い当たらないな。運び込む時間も指定されていたのですか」

黒田は警戒心を解かずドア越しに尋ねた。

「九時にお運びくださいとのことでした。今このワゴンにはワインと冷菜だけですが、追ってメイン料理もお届けに上がります」

「参ったな」

ひとまずここはドアを開けずに済まそうと思った。

「その方の部屋番号を教えていただけますか。直接電話で確かめますので少し待っていてください」

ホテル内の内線電話をかけたが応答はなかった。

「やはりちょっと」

ドアの前に戻った黒田は再びドアスコープを覗いて目を丸くした。

従業員ではなく、白い歯を見せて笑う遥香がふんわりとしたワンピース姿で悪戯っぽく手を振っている。

「こいつ……」

ドアを開けて飛び込んできた遥香を抱きとめた。

本書は文庫書下ろしです。

この作品は完全なるフィクションであり、
登場する人物や団体名などは、
実在のものといっさい関係ありません。

|著者| 濱 嘉之　1957年、福岡県生まれ。中央大学法学部法律学科卒業後、警視庁入庁。警備部警備第一課、公安部公安総務課、警察庁警備局警備企画課、内閣官房内閣情報調査室、再び公安部公安総務課を経て、生活安全部少年事件課に勤務。警視総監賞、警察庁警備局長賞など受賞多数。2004年、警視庁警視で辞職。衆議院議員政策担当秘書を経て、2007年『警視庁情報官』で作家デビュー。主な著作に「警視庁情報官」シリーズ、「オメガ」シリーズ、「ヒトイチ　警視庁人事一課監察係」シリーズ、『鬼手　世田谷駐在刑事・小林健』『電子の標的』『列島融解』などがある。現在は、危機管理コンサルティングに従事するかたわら、ＴＶや紙誌などでコメンテーターとしても活躍している。

警視《けいし》庁《ちよう》情報官《じようほうかん》　ゴーストマネー

濱《はま》 嘉之《よしゆき》

講談社文庫

定価はカバーに
表示してあります

2016年11月15日第１刷発行

発行者――鈴木　哲

発行所――株式会社　講談社

東京都文京区音羽2-12-21　〒112-8001

電話　出版（03）5395-3510
販売（03）5395-5817
業務（03）5395-3615

Printed in Japan

デザイン―菊地信義

本文データ制作―講談社デジタル製作

印刷―――大日本印刷株式会社

製本―――大日本印刷株式会社

落丁本・乱丁本は購入書店名を明記のうえ、小社業務あてにお送りください。送料は小社負担にてお取替えします。なお、この本の内容についてのお問い合わせは講談社文庫あてにお願いいたします。

ISBN978-4-06-293537-1

講談社文庫刊行の辞

二十一世紀の到来を目睫に望みながら、われわれはいま、人類史上かつて例を見ない巨大な転換期をむかえようとしている。

世界も、日本も、激動の予兆に対する期待とおののきを内に蔵して、未知の時代に歩み入ろうとしている。このときにあたり、創業の人野間清治の「ナショナル・エデュケイター」への志を現代に甦らせようと意図して、われわれはここに古今の文芸作品はいうまでもなく、ひろく人文・社会・自然の諸科学から東西の名著を網羅する、新しい綜合文庫の発刊を決意した。

激動の転換期はまた断絶の時代である。われわれは戦後二十五年間の出版文化のありかたへの深い反省をこめて、この断絶の時代にあえて人間的な持続を求めようとする。いたずらに浮薄な商業主義のあだ花を追い求めることなく、長期にわたって良書に生命をあたえようとつとめるところにしか、今後の出版文化の真の繁栄はあり得ないと信じるからである。

同時にわれわれはこの綜合文庫の刊行を通じて、人文・社会・自然の諸科学が、結局人間の学にほかならないことを立証しようと願っている。かつて知識とは、「汝自身を知る」ことにつきていた。現代社会の瑣末な情報の氾濫のなかから、力強い知識の源泉を掘り起し、技術文明のただなかに、生きた人間の姿を復活させること。それこそわれわれの切なる希求である。

われわれは権威に盲従せず、俗流に媚びることなく、渾然一体となって日本の「草の根」をかたちづくる若く新しい世代の人々に、心をこめてこの新しい綜合文庫をおくり届けたい。それは知識の泉であるとともに感受性のふるさとであり、もっとも有機的に組織され、社会に開かれた万人のための大学をめざしている。大方の支援と協力を衷心より切望してやまない。

一九七一年七月

野間省一

服部真澄 極楽行き〈清談 佛々堂先生〉
服部真澄 天の方舟《はこぶね》(上)(下)
半藤一利 昭和天皇ご自身による「天皇論」
秦建日子 チェケラッチョ!!
秦建日子 SOKKI!〈人生には役に立たない特技〉
秦建日子 インシデント〈悪女たちのメス〉
端田晶 もっと美味しくビールが飲みたい!〈酒と酒場の耳学問〉
端田晶 とりあえず、ビール!〈続・酒と酒場の耳学問〉
早瀬詠一郎 早《さ》烏《がらす》〈裏十手からくり草紙〉
早瀬詠一郎 つげの箸〈裏十手からくり草紙〉
早瀬詠一郎 平手造《み》酒《き》
早瀬乱 三年坂火の夢
早瀬乱 レイニー・パークの音
初野晴 1/2の騎士
初野晴 トワイライト博物館《ミュージアム》
初野晴 向こう側の遊園
原武史 滝山コミューン一九七四
原武史 沿線風景
濱嘉之 警視庁情報官〈シークレット・オフィサー〉
濱嘉之 警視庁情報官 ハニートラップ
濱嘉之 警視庁情報官 トリックスター
濱嘉之 警視庁情報官 ブラックドナー
濱嘉之 警視庁情報官 サイバージハード
濱嘉之 鬼《き》手《しゅ》〈世田谷駐在刑事・小林健〉
濱嘉之 電子の標的〈警視庁特別捜査官・藤江康央〉
濱嘉之 列島融解
濱嘉之 オメガ 警察庁諜報課
濱嘉之 オメガ 対中工作
濱嘉之 ヒトイチ 警視庁人事一課監察係
濱嘉之 ヒトイチ 画像解析〈警視庁人事一課監察係〉
濱嘉之 ヒトイチ 内部告発〈警視庁人事一課監察係〉
橋本紡 彩乃ちゃんのお告げ
馳星周 やつらを高く吊せ
早見俊 双子同心捕物競い
早見俊 右近の鯔背《いなせ》銀杏《いちょう》〈双子同心捕物競い(二)〉
早見俊 同心の鑑《かがみ》〈双子同心捕物競い(三)〉
早見俊 上方与力江戸暦
畠中恵 アイスクリン強し
畠中恵 若様組まいる
はるな愛 素晴らしき、この人生
葉室麟 風渡る
葉室麟 風の軍師〈黒田官兵衛〉
葉室麟 星火瞬く
葉室麟 陽《かげ》炎《ろう》の門
長谷川卓 嶽《がく》神《じん》〈上・白銀《しろがね》渡り〉〈下・湖底の黄金〉
長谷川卓 嶽神伝《がくじんでん》無坂《むさか》(上)(下)
長谷川卓 嶽神伝《がくじんでん》孤猿《こえん》(上)(下)
長谷川卓 嶽神列伝 逆渡《さかわた》り
HABU 誰の上にも青空はある
幡大介 猫間地獄のわらべ歌
幡大介 股旅探偵 上州呪い村
原田マハ 夏を喪くす
原田マハ 風のマジム
羽田圭介 「ワタクシハ」
原田ひ香 アイビー・ハウス
原田ひ香 人生オークション
花房観音 女坂

花房観音　指人形
畑野智美　海の見える街
畑野智美　南部芸能事務所
畑野智美　南部芸能事務所 season2 メリーランド
早見和真　東京ドーン
はあちゅう　半径5メートルの野望
平岩弓枝　花嫁の日
平岩弓枝　結婚の四季
平岩弓枝　わたしは椿姫
平岩弓枝　花祭
平岩弓枝　青の伝説
平岩弓枝　青の回帰(上)(下)
平岩弓枝　青の背信
平岩弓枝　五人女捕物くらべ(上)(下)
平岩弓枝　はやぶさ新八御用帳(一)〈大奥の恋人〉
平岩弓枝　はやぶさ新八御用帳(二)〈江戸の海賊〉
平岩弓枝　はやぶさ新八御用帳(三)〈又右衛門の女房〉
平岩弓枝　はやぶさ新八御用帳(四)〈鬼勘の娘〉
平岩弓枝　はやぶさ新八御用帳(五)〈御守殿おたき〉
平岩弓枝　はやぶさ新八御用帳(六)〈春月の雛〉
平岩弓枝　はやぶさ新八御用帳(七)〈寒椿の寺〉
平岩弓枝　はやぶさ新八御用帳(八)〈春怨 根津権現〉
平岩弓枝　はやぶさ新八御用帳(九)〈王子稲荷の女〉
平岩弓枝　はやぶさ新八御用帳(十)〈幽霊屋敷の女〉
平岩弓枝　はやぶさ新八御用旅(一)〈東海道五十三次〉
平岩弓枝　はやぶさ新八御用旅(二)〈中仙道六十九次〉
平岩弓枝　はやぶさ新八御用旅(三)〈日光例幣使道の殺人〉
平岩弓枝　はやぶさ新八御用旅(四)〈北前船の事件〉
平岩弓枝　はやぶさ新八御用旅(五)〈諏訪の妖狐〉
平岩弓枝　はやぶさ新八御用旅(六)〈紅花染め秘帳〉
平岩弓枝　新装版 おんなみち(上)(中)(下)
平岩弓枝　極楽とんぼの飛んだ道〈私の半生、私の小説〉
平岩弓枝　ものは言いよう
平岩弓枝　老いること暮らすこと
平岩弓枝　なかなかいい生き方
平岡正明　志ん生的、文楽的
東野圭吾　放課後
東野圭吾　卒業〈雪月花殺人ゲーム〉
東野圭吾　学生街の殺人
東野圭吾　魔球
東野圭吾　十字屋敷のピエロ
東野圭吾　眠りの森
東野圭吾　宿命
東野圭吾　変身
東野圭吾　仮面山荘殺人事件
東野圭吾　天使の耳
東野圭吾　ある閉ざされた雪の山荘で
東野圭吾　同級生
東野圭吾　名探偵の呪縛
東野圭吾　むかし僕が死んだ家
東野圭吾　虹を操る少年
東野圭吾　パラレルワールド・ラブストーリー
東野圭吾　天空の蜂
東野圭吾　どちらかが彼女を殺した
東野圭吾　名探偵の掟
東野圭吾　悪意
東野圭吾　私が彼を殺した

東野圭吾　嘘をもうひとつだけ
東野圭吾　時　　　　生
東野圭吾　赤　い　指
東野圭吾　流　星　の　絆
東野圭吾　新装版　浪花少年探偵団
東野圭吾　新装版　しのぶセンセにサヨナラ
東野圭吾　新　参　者
東野圭吾　麒　麟　の　翼
東野圭吾　パラドックス13
東野圭吾　祈りの幕が下りる時
東野圭吾作家生活25周年祭り実行委員会　東野圭吾公式ガイド（読者1万人が選んだ東野作品人気ランキング発表）
広田靚子　イギリス花の庭
姫野カオルコ　ああ、懐かしの少女漫画
姫野カオルコ　ああ、禁煙vs.喫煙
日比野　宏　アジア亜細亜　無限回廊
日比野　宏　アジア亜細亜　夢のあとさき
日比野　宏　夢街道アジア
平山壽三郎　明治おんな橋
平山壽三郎　明治ちぎれ雲

火坂雅志　美　食　探　偵
火坂雅志　骨董屋征次郎手控
火坂雅志　骨董屋征次郎京暦
平野啓一郎　高　瀬　川
平野啓一郎　ド　ー　ン
平野啓一郎　空白を満たしなさい(上)(下)
平山　譲　ありがとう
平山　譲　片翼チャンピオン
平田俊子　ピアノ・サンド
ひこ・田中　新装版　お引越し
平岩正樹　がんで死ぬのはもったいない
百田尚樹　永　遠　の　0《ゼロ》
百田尚樹　輝　く　夜
百田尚樹　風の中のマリア
百田尚樹　影　法　師
百田尚樹　ボックス！(上)(下)
百田尚樹　海賊とよばれた男(上)(下)
ヒキタクニオ　東京ボイス
ヒキタクニオ　カワイイ地獄

平田オリザ　十六歳のオリザの冒険をしるす本
平田オリザ　幕が上がる
ビッグイシュー　枝元なほみ　世界一あたたかい人生相談
久生十蘭　久生十蘭「従軍日記」
東　直子　さようなら窓
東　直子　らいほうさんの場所
東　直子　トマト・ケチャップ・ス
平敷安常　キャパになれなかったカメラマン(上)(下)〈ベトナム戦争の語り部たち〉
樋口明雄　ミッドナイト・ラン！
樋口明雄　ドッグ・ラン！
平谷美樹　藪　の　奥〈眠る義経秘宝〉
平谷美樹　居留地同心・凌之介秘帳　小倫敦の幽霊
蛭田亜紗子　人肌ショコラリキュール
樋口卓治　ボクの妻と結婚してください。
樋口卓治　もう一度、お父さんと呼んでくれ。
樋口卓治　「ファミリーラブストーリー」
藤沢周平　新装版　春秋の檻〈獄医立花登手控え(一)〉
藤沢周平　新装版　風雪の檻〈獄医立花登手控え(二)〉
藤沢周平　新装版　愛憎の檻〈獄医立花登手控え(三)〉

藤沢周平　新装版 人間の檻〈獄医立花登手控え(四)〉
藤沢周平　新装版 闇の歯車
藤沢周平　新装版 市塵(上)(下)
藤沢周平　新装版 決闘の辻
藤沢周平　新装版 雪明かり
藤沢周平　義民が駆ける〈レジェンド歴史時代小説〉
古井由吉　野川
福永令三　クレヨン王国の十二か月
船戸与一　山猫の夏
船戸与一　神話の果て
船戸与一　伝説なき地
船戸与一　血と夢
船戸与一　蝶舞う館
船戸与一　夜来香《イェライシャン》海峡
深谷忠記　黙秘
藤田宜永　樹下の想い
藤田宜永　艶《つや》めき
藤田宜永　異端の夏
藤田宜永　流砂

藤田宜永　子宮の記憶〈ここにあなたがいる〉
藤田宜永　乱調
藤田宜永　壁画修復師
藤田宜永　前夜のものがたり
藤田宜永　戦力外通告
藤田宜永　いつかは恋を
藤田宜永　喜の行列 悲の行列(上)(下)
藤田宜永　老猿
藤川桂介　シギラの月
藤水名子　赤壁の宴
藤水名子　紅嵐記(上)(中)(下)
藤原伊織　テロリストのパラソル
藤原伊織　ひまわりの祝祭
藤原伊織　雪が降る
藤原伊織　蚊トンボ白鬚の冒険(上)(下)
藤原伊織　遊戯
藤田紘一郎　笑うカイチュウ
藤田紘一郎　体にいい寄生虫〈ダイエットから花粉症まで〉
藤田紘一郎　踊る腹のムシ〈グルメブームの落とし穴〉

藤田紘一郎　ウッふん
藤田紘一郎　イヌからネコから伝染《うつ》るんです。
藤田紘一郎　医療大崩壊
藤本ひとみ　聖ヨゼフの惨劇
藤本ひとみ　新・三銃士 少年編・青年編〈ダルタニャンとミラディ〉
藤本ひとみ　シャネル
藤本ひとみ　皇妃エリザベート
藤野千夜　少年と少女のポルカ
藤野千夜　夏の約束
藤野千夜　彼女の部屋
藤沢周　紫の領分
藤木美奈子　ストーカー・夏美
藤木美奈子　傷つけ合う家族〈ドメスティック・バイオレンスを乗り越えて〉
福井晴敏　Twelve《トゥエルブ》 Y.O.《ワイオー》
福井晴敏　亡国のイージス(上)(下)
福井晴敏　川の深さは
福井晴敏　終戦のローレライ I～IV
福井晴敏　6ステイン
福井晴敏　平成関東大震災〈いつか来るとは知っていたが今日来るとは思わなかった〉

講談社文庫　目録

福井晴敏　人類資金1〜7
福井晴敏　限定版 人類資金7
福井晴敏作　霜月かよ子画　C-blossom《シーブロッサム》〈case《ケース》729〉
藤原緋沙子　遠花火〈見届け人秋月伊織事件帖〉
藤原緋沙子　春《はる》疾風《はやて》〈見届け人秋月伊織事件帖〉
藤原緋沙子　暖《ぬくめ》鳥《どり》〈見届け人秋月伊織事件帖〉
藤原緋沙子　霧の路《みち》〈見届け人秋月伊織事件帖〉
藤原緋沙子　鳴《なる》子《こ》守《もり》〈見届け人秋月伊織事件帖〉
藤原緋沙子　夏ほたる〈見届け人秋月伊織事件帖〉
藤原緋沙子　笛吹川〈見届け人秋月伊織事件帖〉
福島章　精神鑑定 脳から心を読む
椹《ふし》野《の》道流　暁天の星〈鬼籍通覧〉
椹野道流　無明の闇〈鬼籍通覧〉
椹野道流　壺《こ》中《ちゅう》の天〈鬼籍通覧〉
椹野道流　隻《せき》手《しゅ》の声〈鬼籍通覧〉
椹野道流　禅定の弓〈鬼籍通覧〉
古川日出男　ルート3《サン》5《ゴー》0《マル》
福田和也　悪女の美食術
藤田香織　ホンのお楽しみ

深水黎一郎　エコール・ド・パリ殺人事件〈レザルティスト・モウディ〉
深水黎一郎　トスカの接吻〈オペラ・ミステリオーザ〉
深水黎一郎　ジークフリートの剣《つるぎ》
深水黎一郎　言霊《ことだま》たちの反乱
深見真　猟犬〈特殊犯捜査・呉内冴絵〉
深見真　硝煙の向こう側に彼女〈武装強行犯捜査・塚田志士子〉
藤谷治　遠い響き
深町秋生　ダウン・バイ・ロー
冬木亮子　書けそうで書けない英単語〈Let's enjoy spelling!〉
古市憲寿　働き方は「自分」で決める
船瀬俊介　かんたん「1日1食」!!〈万病が治る! 20歳若返る!〉
辺見庸　永遠の不服従のために
辺見庸　いま、抗暴のときに
辺見庸　抵抗論
星新一　エヌ氏の遊園地
星新一編　ショートショートの広場①〜⑨
本田靖春　不当逮捕
堀江邦夫　原発労働記
保阪正康　昭和史七つの謎

保阪正康　昭和史 忘れ得ぬ証言者たち
保阪正康　昭和史 七つの謎 Part2
保阪正康　あの戦争から何を学ぶのか
保阪正康　政治家と回想録〈読み直し語りつぐ戦後史〉
保阪正康　昭和の空白を読み解く〈昭和史 忘れ得ぬ証言者たち Part2〉
保阪正康　「昭和」とは何だったのか
保阪正康　大本営発表という権力
保阪正康　天皇〈「君主」の父、「民主」の子〉
堀和久　江戸風流女ばなし
堀田力　少年魂
保坂和志　未明の闘争(上)(下)
星野知子　食べるが勝ち!
北海道新聞取材班　追及・北海道警「裏金」疑惑
北海道新聞取材班　日本警察と裏金〈底なしの腐敗〉
北海道新聞取材班　実録・老舗百貨店凋落〈流通業界再編の光と影〉
北海道新聞取材班　追跡・「夕張」問題〈財政破綻と再起への苦闘〉
堀井憲一郎　『巨人の星』に必要なことはすべて人生から学んだ。あ。逆だ。
堀江敏幸　熊の敷石
堀江敏幸　子午線を求めて

2016年9月15日現在